文春文庫

もう泣かない電気毛布は裏切らない

神野紗希

文藝春秋

目次

第一章
ここもまた
誰かの故郷
氷水——夏

第二章
檸檬切る
記憶の輪郭は
ひかり――秋

第三章
負けてもいいよ
私が蜜柑むいてあげる――冬

第四章
短めが好き
マフラーも
言の葉も——俳句

第五章　母乳って　たんぽぽの色
雲は春——春

扉カット　カシワイ

第一章

ここもまた誰かの故郷氷水

——夏

季節を感じとる力

うとうとと寝がえりを打つと、横で、ふにゃあ、と声がする。オルガンを通り抜けた空気みたいにやわらかい声、二歳の息子が目覚めたのだ。時刻は朝四時半。いくら何でも早起きだぞ、と寝かしつけにかかったが、もう楽しそうに模型のカバとたわむれている。私もしぶしぶ、布団から体を引き剝がす。

そうだ、夏至だ。スマホのアプリで確認すると、日の出はちょうど四時半ごろ。さすがは一年でいちばん昼が長い時期だ。たしかに外はもう明るくて、安物のカーテンの隙間から、朝日がひたひたと打ち寄せていた。

太陽と一緒に目覚める彼は、人間社会のリズムではなく、もっと大きな自然のリズムと連動している。たまたま人間として我が家に生まれ一緒に暮らしているが、本来は、外でいま目覚めただろう蟻や鴉や百合と同じ、世界のひとかけらなのだ。

それは私たち大人も同じはずだが、社会に適応するうち、いつしか自然の中で生きる感覚を鈍らせてしまったらしい。朝日の代わりに目覚まし時計の音が響けば、夏でも冬でも、出社の時間に合わせて画一的な朝が来る。駅へ急いで電車に乗って。目を閉じて、吊革に身を委ねる。

地下鉄にかすかな峠ありて夏至　正木ゆう子

そんな都会の地下鉄でも、感覚を研ぎ澄ませれば、闇の中の起伏を知り、電車の揺れのうちにかすかな峠を見出すことができる。これが俳人のアンテナだ。私と社会をつなぐ回路をひとときシャットダウンして、いつもと違う見方で日常を眺める。すると、気づかなかったあれこれが、ふいに鮮やかに迫ってくる。

無意識のうちに地下鉄の起伏を越え、夏至という季節の峠を越えてゆく私たち。ほら、俳人は、人に非ずと書くではないか。人間であることから離れ、世界のひとかけらとなった俳人に、季節は静かに囁きはじめる。

とはいえ二十四時間俳人モードだと、雲に見とれてパンは焦げるし、天道虫にしゃがんで遅刻する。こと育児中は子どもから目が離せないため、私の中の俳人を封じなければ危険だ。先日も、思いついた句の季語を考えあぐねている間に、息子がティッシュを箱から全部出してしまった。リビングの床一面に大輪の白い花が咲いたようで、それはそれは綺麗だった。

そもそも子どもは、まだ社会とのつながりを持たないという点で、俳人そのものである。蝶がよぎればスープをすくう手をとめて見とれるし、寝室の窓から差し込む月光に「おっ、おっ」と興奮する。その手放しの感動を、心からうらやましく思う。

私たち大人は子どもに、ものの名前を教え、社会のルールを教える。それは、自然の中で生きる彼らを引き剝がし、人間の側へ連れてくることでもある。であるなら逆に、私たちは子どもの中に、大人になる過程で忘れてきた何かを見出せるのではないか。たとえば、季節を感じとる力。朝日が差せば目を覚ます彼は、夏至という名前は知らなくても、たしかに夏至そのものを知っているのだから。

「アオ、アオ」と指さす息子に「それは紫陽花」と教えつつ、彼の表情をのぞきこむ。すべてを吸い込むブラックホールのような瞳が、まっすぐ紫陽花を見つめている。

おさなごに色かひかりか紫陽花は　紗希

全部やだ男

「名前のない家事」が話題だ。掃除、洗濯、料理といったメジャーな家事のほかにも、生活は些細な家事にあふれている。乾いた食器を棚に戻す、トイレットペーパーを補充する、裏返った靴下を直す……ひとつひとつは小さなアクションだが、積み重なるとそれなりに時間をとられる。夫婦共働きが当たり前になった現代、これらの些細な仕事が、家事分担の不平等感を生む原因になっているという。

夫が残したおかずにラップをかけて冷蔵庫へしまうとき、ふと「食べてくれたらこの手間いらないのに」と思う妻。逆に夫は「ボトルの麦茶を一センチだけ残すなんて。飲み切って新しいの入れてよ」とイライラしているかもしれない。

これまで無視されがちだった、こまごまとした家事。「名前のない家事」という名前を与えることで、その家事の存在が、目に見えるものとなった。分担し改善する対象として、存在を認識できるようになったのだ。

名前をつけるというのは、すでにあるものをラベリングするだけではない。たとえば、欧米には日本の「肩こり」にそのまま該当する言葉がないので、同じ症状が出ても背中や首が痛いと感じるのだとか。それは、呼び名がなければ肩こりそのものが存在しないことを意味する。名前と存在は表裏一体。名づけには、なかったものを、あらしむる力がある。

季節の感じ方だってそう。なだらかに連なっているはずの三百六十五日を四つの季節に分類し、春夏秋冬という名で呼ぶことで、日本人は季節を四分割して受け止めてきたが、一年を二十四の時節に分けた「二十四節気」の区分を知れば、二週間おきに変化する、よりこまやかな季節感覚が生まれる。歳時記をめくると、今は「小暑」の候。梅雨が明け、次の「大暑」へ向けて、暑さが本格的になってゆく時期だ。季節のグラデーションは、私たちののっぺりとした日常を、カラフルに塗り替えてくれる。

塩壺の白きを磨く小暑かな　山西雅子

台所に年中ある塩壺も、小暑だと思えば小暑の顔になる。白い（たぶん陶器の）塩壺を磨きながら、窓の日差しに目を細め、ふと「今日は小暑だ」と気づく。「白」「磨く」の清潔感が、暑さにだらける心を、きりっと引き締めるのが快い。延々と続く暑さも、暑中を越えれば立秋と思うと、理性的に耐えられる。

名前をつけると、混沌とした現実を整理し、客観視することができる。これは育児にも応用可能だ。つらいなあと思ったとき、ニックネームをつけてやり過ごすのである。

二歳の息子は寝相が悪く、布団からしょっちゅう落ちて泣くので、そのたびにもとへ戻してやり、こちらは慢性睡眠不足。そこでつけた名前が「寝相悪氏《ねぞうわるし》」。名前があれば、闇の中でびぇえと声が聞こえても「寝相悪氏が現れたぞ」とユーモアに転換して、ちょっと心が軽くなる。

おもらしすると「うんちたれぞう」、障子を破れば「リフォームの匠」、服を拒否して駆け回る「はだか王子」……。最近はいわゆるイヤイヤ期で、着替えも「ヤーダ」、ごはんを用意しても「ヤーダ」とわめく。仕方ないので、心の中で「全部やだ男《お》」と名づけ、やだ男の残したつくねを口に放り込む。もぐもぐ、さあて。私はあといくつ、君に名前をつけられるだろう。

暑中見舞の宛名からっぽ君の名は　紗希

その町のかき氷

高度を下げはじめた飛行機の窓にエメラルドグリーンの海が広がると、ああ帰ってきた、と思う。ぽこりぽこりと小さな島をいくつも浮かべて、いつでもおだやかな絹の光をたたえている、ふるさと瀬戸内の海だ。もし芭蕉が、松島ではなく瀬戸内を訪れていたら、きっとその美しさに「瀬戸内やああ瀬戸内や瀬戸内や」と詠んだ逸話が残っただろう。

言葉の感覚は、ふるさとに育てられるところが大きい。たとえば、海。愛媛の松山に生まれた私は、蜜柑山から瀬戸内海を見て育った。春にはのびやかに呼吸し、夏には磨かれた鏡のように眩しく、秋には寂しさをいやす波が寄せ、冬も白波を立てることなくやさしい。海という言葉を聞けばまず、おだやかな瀬戸内の海を思い出す。だから、修学旅行で日本海沿いのサービスエリアに立ち寄ったときは驚いた。砂色の海に、次々立ち上がる激しい波。これが演歌の海か、と納得した。

隣県の高知に旅した際もそう。桂浜から見やる太平洋は、島ひとつ浮かべず、ただ分厚かった。海の青は深く盛り上がり、この向こうには何があるのだろうと駆り立てるエネルギーに満ちていた。なるほど、この海が、坂本龍馬の大志を育てたのだ。

愛媛出身の前衛俳人・富澤赤黄男《かきお》は「蝶はまさに〈蝶〉であるが、〈その蝶〉ではない」というアフォリズムを残した。俳句で「蝶」と書いたとき、それは特定の蝶を指すのではなく、詩の言葉として普遍性を持つのだ、と。もちろんそれは真理なのだが、しかし同時に、おのおのが抱く普遍的な〈蝶〉の概念は、これまでに見たり読んだりしてきた〈その蝶〉の、記憶の集積でもあるのではないか。


海、遠い海よ！　と私は紙にしたためる。――海よ、僕らの使ふ文字では、お前の中に母がゐる。

（三好達治「郷愁」）


人はそれぞれ「海」という言葉から、それぞれの海を引き出す。達治の詩を受け止めるとき、私たちは、特定の海――記憶のなかの母なる海――を思い浮かべているはずだ。これまで経験してきた〈その海〉の集積が、その人の〈海〉をかたちづくる。私たちは日々同じ言葉を使いながら、実はまったく違う夢を見ているのかもしれない。満員電車に揺られる人も、みなそれぞれ、こころに自分の海を持っているのだ。

そういえば、実家の近所にはピポロというパン屋があって、夏の間だけ、子ども相手にかき氷を売っていた。いちご、みぞれ、ブルーハワイ。三人も入ればいっぱいになる小さな店に、私もよく百円をにぎりしめて通った。おばちゃんが、冷凍庫から大きな氷のかたまりを出してきて、削氷機にセットする。みるみる削られ、ペンギンの描かれたプラスチックの器を満たしてゆく氷は、縁日のじゃりじゃりしたかき氷とは違って、雪のようにふわふわしていた。店の前には小川が流れていて、ベンチに座り、せせらぎに日焼けの足を垂らして食べた。

ここもまた誰かの故郷氷水　紗希

「氷水」とはかき氷のこと。日本中どこにでもありそうな、なんの変哲もないこの町が、私にとっては〈その町〉でありふるさとであるように、私がこれまで通り過ぎてきたあらゆる場所もまた、誰かの〈その町〉だったのだろう。海に、町に、かき氷に。言葉の芯には、記憶が耀《かがよ》っている。

平成のホタル族

ホタル族といえば、家族に配慮して、ベランダで煙草を吸う人たちのことだ。煙草の火が蛍の光に似ていることから、その名がついた。ところが我が家には、一風変わった「ホタル族」が生息する。

ふえぇ、ふえぇ。夜中、赤ちゃんの泣き声。〇歳のあいだは、数時間おきにおなかがすくのだ。階下のキッチンでミルクを用意し、まっくらな寝室に戻ると、蛍のように青い光がぼんやりともっている。夫のスマホである。彼もつられて目を覚ましたらしい。私が哺乳瓶でミルクを与える十数分、彼はスマホの画面をぼんやり見つめている。赤ちゃんが事足りて眠りはじめると、青い光も消え、寝室にまた静寂が訪れる。闇の中に明滅するスマホの光。これぞ、平成のホタル族だ。

そういえば結婚する前、俳句の先輩に誘われて、夫と一緒に青森へ、蛍を見に行ったことがあった。夜の瀬音に浮かぶ蛍の火は、おおつぶで、ゆったりゆったり飛んだ。強く曳《ひ》く光の残像が、奥入瀬の闇に消えてゆく。そのころの私は、手を引くべき息子もおらず、眼前の美に夢中になるだけでよかった。

では今、時間さえあれば、心ゆくまで本物の蛍の美しさを堪能したいのか。否、産後の私の脳内を高確率で占めていたのは「焼き鳥、食べたい」という卑俗な願いであった。花より団子、蛍より焼き鳥、である。

原稿が片付いた夜のご褒美に、カウンターに座り、生ビールを頼む。つき出しのおでんをつまみながら、ねぎまやレバーが炭火の上でじゅう音を立てるのを、今か今かと待つ。大将やまわりのお客さんと、サッカーや旅行などについて、たわいのない会話を交わすのも楽しい。当たり前の日常だと思っていた焼き鳥屋も、出産後の生活からは消えた。

おさなごを抱えていると、外食がままならない。特に夜は、夕飯、入浴、寝る準備と、怒濤の育児が待ち受けている。寝かしつけたころには私もくたくたで、一緒に眠ってしまうのが常だ。で、夜泣きに起こされると新種のホタル族である。ああ、手羽先。はつ。砂肝。

ある夜、火山は爆発した。「焼き鳥食べたい、焼き鳥食べたい、焼き鳥食べたい！」私の勢いに尋常ならざるものを察した夫は「いいよ、出かけておいでよ」。すでに寝息を立てている息子を任せ、私はそわそわしながら家を出た。

その日はあいにく日曜で、目当ての焼き鳥屋には閉店の札が下がっていた。学園都市の駅前には、そもそも飲み屋が少ない。ひさびさの夜の風景に、ひととき心をからっぽにしてたたずむ。夜道って、こんなに暗かったっけ。月って、あんなにきれいだったっけ。

結局、二十四時間営業のスーパーで麵とキャベツを買い、家に帰った。焼きそばを作り、お中元にいただいた缶ビールを開け、テレビを見ながら、夫と一緒に食べる。

「サッカーって、なかなかゴール決まらないね」

フィールドを行ったり来たりする選手たち。我が家も、あらたに投入されたちいさな新人によって、夫と私のパス回しがぎこちないときもある。けれど、今は同じチームとして、一つ屋根の下に生きているのだ。

いつか三人で、焼き鳥を食べよう。青森の蛍を見に行こう。

赤子抱く青年すらり蛍の夜　紗希

人生初季語

俳人には、俳人ならではの職業病がある。日常のすべてに、季語を見つけてしまうのだ。

仕事仲間との飲み会でも、気を抜くとすぐ、目が季語を探しにかかる。席につくと、つき出しの「空豆」。隣席では「アロハシャツ」の人が「冷奴」をつつく。遅れてきた先輩の「汗」やそれを拭く「ハンカチ」、壁の品書きには冷やし「トマト」。さてさて乾杯、「ビール」も「焼酎」も「梅酒」も、みんな夏の季語だ。マグロの山かけを注文し、「とろろ」は秋だっけ、と歳時記をごそごそ調べる。頭の中では言葉が言葉を呼び、ころころと十七音へ転がってゆく……。

俳句は、世界最短の詩だ。季語のイメージ喚起力を味方につけ、五七五のリズムにのせて詠むのが基本である。季語の力を考えるため、次の二句を比べてみよう。

［A］飛び出すな車は急に止まれない

［B］青蛙車は急に止まれない

Aは有名な交通標語だ。どんな人にも当てはまるよう、最大公約数的に書かれていて、「飛び出すな」という注意喚起も分かりやすい。では、はじめの五音を、夏の季語「青蛙」に変えてみたらどうだろうか。スピードを出す車の前に、一匹の小さな蛙が飛び出す。ハッとした次の瞬間、蛙の運命は……。全体の中のひとつぶである蛙の命を通して、臨場感のあるイメージが迫ってくるだろう。

高校時代はどこへ行くにも自転車だった。通学も、片道四十分の道のりを、毎日漕いだ。トンネルを抜けて、松山城のお堀を横断して。日々繰り返す四十分が、俳句をはじめてからは、季語と出会う現場に変わった。

たとえば風ひとつとっても、季節によってさまざまな表現がある。春なら「風光る」。日差しが強くなってきて、見えるはずのない風まで輝きを帯びて感じられるという季語だ。風光る、風光る、と繰り返せば、すれ違う自動車もお堀の柳もよく光る。夏は「風死す」。ぱたりと風も止み、暑さ極まる状態だ。ああ風よ、復活せよ、と念じながら、汗だらだらで西日へ漕ぐ。秋は「色なき風」。スマホの写真機能で、セピア色の加工を加えた感じ。風はそもそも無色透明だが、あらためてこういわれると、万物が衰え色あせてゆく秋の寂しさが寄せてくる。冬は「風冴ゆる」。大気が澄みに澄んで、冴え冴えと吹きわたる風だ。冷たい寒いと耐えていた通学路も、言葉の力を借りて〈風冴ゆる坂を一直線に我〉などと詠めば、まるでヒーローのようではないか。

季語は、三百六十五日を輪切りにした、時間の切断面と結びついた言葉だ。「向日葵《ひまわり》」が咲くあの夏、うちに「金魚」がやってきたあの夏、「海の家」の焼きそばが無性においしかったあの夏……。季語という記憶の通路を通って、一回きりの特別な瞬間が、十七音のうちに呼びこまれる。

東京に出てきて、自転車に乗らなくなって。代わりに今は、二歳の息子と保育園まで歩く道のりが、新たな季語体験だ。あれは朝顔よ、と指させば、胸の前で手を合わせて、その場でくるくると回り始める。つぼみの形を真似しているらしい。ほら、膝を天道虫がのぼってくるよ、と教えると、なんと怖くて泣きだした。そうか、かわいい天道虫も、君にとっては、はじめての未知の存在なんだね。

彼の「人生初季語」体験をそばで見守りながら、私の季語の記憶も、ゆたかに耕されてゆく。

消えてゆく二歳の記憶風光る　紗希

俳句はジェンダーフリー

「おはよう、ふわあ」

伸びをしながら寝室から出てきた夫が、どこかで見たことのある服を着ている。

「あ、また、私のカーディガンを勝手に着て！」

「だって、冷房が寒いんだもん」

「もう、それ、高いんだよ。麻の素材だから、そんなにあったかくないし」

「え？　ユニクロかと思った」

大学への通勤用に買ったカーディガンには、夫の寝相で、ばっちり皺《しわ》がついている。ぐぬぬ。

「あなた用に、パジャマにはおれる服、買っておいたでしょ」

「やっぱ、袖が長いんだよね」

うーん、やはりそうか。夫は私と体格がほぼ同じで、男性にしてはかなり細身だ。だから、メンズのSでも少し大きい。「なかなか合う服がなくて、大変だねえ」というと「社会の荒波にもまれて、瘦せおとろえたのさ」などと、寝ぐせをピンと立てて気取っている。

私の体は、女性用のMサイズの規格にぴったり合うので、売り切れない限り、欲しい服のサイズがないという事態には陥らない。S、M、L……世間の平均的な体格に合わせた服も、社会の用意したひとつの規格だ。私はたまたまマジョリティに属しているので不便はないが、夫はマイノリティとして、袖丈を直す追加料金を支払ったり、勝手に妻の服をはおって文句をいわれたりしている。社会のシステムは、どうしても、多数派に合わせて作られがちだ。用意された規格にはまらないオリジンをもつ人は、多かれ少なかれ、不便を抱えて暮らしている。

性別もまた、社会に用意された規格のひとつ。男と女というたった二つの枠に、多種多様な人間を押し込めるから、息苦しい思いをする人も出てくるのだ。枠のない、少数派も多数派もない、みんながただの人間でいられる場所はないのだろうか。

戸籍上は男性でも、心は女性。トランスジェンダーの女性の入学を認めると、お茶の水女子大学が発表した。もともと学問の場をもたない女性に教育の機会を与えた女子大は、本質的にマイノリティの学びを保障する場所だ。だから今回の決断は、社会の枠の外に置かれた存在を受け入れてきた女子大として、当然あるべき流れだろう。

私もこの大学で学んだ一人だが、学内では女らしさや性別を意識することなく、人間として私らしくいられた。のびのびと学問に集中できた。

女子大やTシャツめくり臍扇ぐ　紗希

そもそも考えてみれば、私の選んだ俳句は、ジェンダーフリーな文学だ。句会では、持ち寄った互いの句を無記名で一覧にし、作者を伏せた状態で批評しあう。作者が女か男か、社長か派遣社員か、ベテランか初心者か、すべての情報は、十七音の前に意味をなさない。完全実力主義の世界だ。高校時代に俳句と出会った私にとって、句会は、女子でも高校生でもない、ただの私でいられる場所だった。

そして、句会の形式のみならず、俳句は本質的に平等な詩型でもある。たとえば道で出会ったヒキガエルやヒマワリにとって、私がスカートを穿いているかどうかなんて関係ない。彼らを詠まんと向き合うとき、私は自分が人間であることすら忘れ、ともに涼しく風に吹かれる。女だって男だって、ヒキガエルだって、ミミズだってオケラだってアメンボだって……俳句の前ではみんなみんな、ひとしく今を生きる命なのだ。

エスカレーター恐怖症

エスカレーターが苦手だ。転げ落ちてしまわないか、不安でしょうがないのである。特に、東京の地下鉄は地下の深いところで交差しているので、ホームへ行くためには、長い下りのエスカレーターに乗らなければいけない。これが、デパートにあるふつうのエスカレーターの、かるく三倍以上の長さはあるのだ。怖くてエスカレーターに乗れないから待ち合わせ場所に行けない、とは言えないので、仕方なく乗るのだけれど、やっぱり怖い。ついつい、腰がひけて、からだが後ろに傾いてしまう。

あるとき友人に、なんでそんなに傾いているのかと聞かれた。失神してふっと意識がなくなってしまったときでも、前に倒れてしまわないように、後ろに重心を置いてるんだ、と説明すると、ばっかじゃないの、とあきれられた。そんな、エスカレーターから転げ落ちる確率なんて、宝くじが当たるみたいなもんだよ。だいいち、気を失ったことなんて、ないじゃない。

私は反論した。でも、刑事ドラマでは、神社の石段の上から突き落とされて、人が死んじゃうでしょ。ごろごろーって落ちて、最後に頭打ってさ。

そうしたら、友人はこう言った。あれは、ドラマなんだから。実際には、途中で止まっちゃうわよ。スタントマンの役者さんは、下まできれいに落ちられるように、練習してるくらいなんだから。そういうインタビュー、見たことあるよ。

そう言われてみると、そうかもしれないという気もするが、怖いものは怖い。もともと、小さい頃から、怪我らしい怪我をしてこなかったので、安全な怪我とそうでない怪我の区別がつかないのだ。なんだって、分からないものは恐ろしい。

昼顔や久しくわが血みてをらず　谷さやん

大学四年生のとき、部屋で茶碗を割った。見ると、破片が親指の付け根をざっくりと傷つけている。どうしよう。私はとりあえず傷を見なくて済むようにタオルを巻き付け、おろおろして病院へ走った。淡々と治療する先生に、こんな大きな怪我ははじめてです、こんなに血が出るなんて、どのくらいで治るんですか、とまくしたてていると、先生は一言。

「これが一番大きな怪我だなんて、よっぽど幸せな人生だったんですね」

先生は、縫い合わせた糸の終わりを、銀色の鋏でぱちんと切った。

河豚と鰺刺

先日、ある歌人から、こんな話を聞いた。彼女は、北原白秋の〈石崖に子ども七人腰かけて河豚を釣り居り夕焼小焼〉という短歌の「河豚《ふぐ》」を、ずっと「河童《かっぱ》」だと勘違いしていたのだという。最近、カルチャーセンターの講師として教壇に立ったとき、この一首を「子どもたちは河童を釣っているんですね、不思議な歌です」と紹介したそうだ。すると、生徒から「その歌は河童じゃなくて河豚じゃないんですか」と指摘された。調べてみるとたしかに河豚だ、穴があったら入りたいとはこのことだと思った、と彼女は恥ずかしそうに語ってくれた。

私も似たような経験がある。テレビ番組の句会で「鰺刺《あじさし》」という単語が出てきた。私はてっきり鰺の刺身のことだと思っていたが、他の人の句評を聞いていると「鰺刺が飛んできて」「鰺刺のかれんな姿が」、どうやら違うものについて語っているようである。辞書を引いてみると、なんと「鰺刺」という鳥がいるのだ。れっきとした夏の季語である。「ほんと、おいしそうな句ですね」とか言ってしまう前に気づいてよかった。

なぜ勘違いは起きるのか。最初から正しく覚えていればよいのだが、間違いのまま覚えてしまったり、そもそも知らなかったりすると、どこかで「勘違いを正される」という恥ずかしい経験をしなければならなくなる。

かの夏目漱石にも、親友の正岡子規が書き残したエピソードの中に、似たような話がある。二人が、六月ごろに早稲田界隈を散歩したときのことである。


此時余が驚いた事は、漱石は、我々が平生喰ふ所の米は此苗の実である事を知らなかつたといふ事である。

（正岡子規『墨汁一滴』）


都会っ子の漱石は、目の前にそよぐ稲が、ふだん食べている米の苗だと知らなかったのだ。なんだかとたんに、親しみが湧いてくる。博学の漱石ですらこうした体験を持つのだから、いわんや私をや。

友人は、思いっきり一気に息を吹き込めば、風船は浮くと思っていた。浮く風船はガスの力によるものと知らなかったのだ。こうしたかわいい勘違いなら、いいのだけれど。

一体私は、まだ何を知らないのだろうか。このことは私にはわからない。

たんぽぽ、と

瀬戸内で育った私にとって、東北は、長らく未踏の地だった。東京に来てから、仙台や八戸を訪れたことはあったが、弘前まで足をのばすのは、その日が初めてだった。

空港から市内に向かう車中、道路沿いに林檎畑が見えてくる。「ここのところ寒かったから、まだ林檎の花が残っているよ」と、運転手さん。よく見れば、放射状にのびた枝には、柔らかそうな白い花が。

以前、八戸を訪れたときは、林檎の収穫期だった。真っ赤な林檎がたわわに実っている！ 木になる実といえば蜜柑の黄色だった私には、眼前の赤い実が不思議でならなかった。青森の人が蜜柑の木を見たら、同じように異郷だと思うだろう。

その林檎畑を前に、同行者の一人が、車の窓ガラスにはりついて、「うわあー、すごい！」「白いなあー」と感動している。「そうだね、すごいね」と応じると、彼女は「え？ 何？」と驚いた顔で振り向いた。どうやら独り言だったらしい。

彼女は普段も、独り言をよく言うのだそう。テレビに「なんでやねん」と突っ込んだり、ごきぶりを「出たなー」と言いながらやっつけたり。独り言を言わない私には理解できないことだ。周りに人がいないのに、なぜ声を発する必要があるのか。無駄ではないかと聞くと、そんな功利的なこと言わないでよー、つい言っちゃうんだからしょうがないじゃない、と返ってきた。実際のところ、独り言を言う人と言わない人、どちらがマイノリティなのだろう。

たんぽゝと小声で言ひてみて一人　星野立子

俳句は短いので、ときに呟きや独り言になぞらえられる。けれど私は、俳句が独り言だとは思いたくない。やはり、誰かに届いてほしいと願うからだ。人に届かない言葉はさみしい。でも、独り言を言いながら林檎の花を見ていた彼女の表情は、さみしいどころか、豊かで楽しそうだった。さみしいのは、言葉を自分だけのために使えない私の方かもしれない。

五月も終わり、弘前城の桜はさすがに終わっていた。城内にはかわりに、たくさんのたんぽぽが咲いている。「たんぽぽは、貧しい土壌を好むんだよ」と、地元の人が教えてくれる。その声音には、反骨の響きがあった。

たんぽぽ、と呟いてみる。心の中に、たんぽぽ色の黄色い灯がともる。

本番はいつ

夏になると、母は外出するとき、日傘をさし、紫外線よけの長い手袋をした。幼いころは「雨も降ってないし、暑いのに手袋なんて、変だなあ」と思ったものだ。今では自分も、紫外線対策で似たような格好をする。しかし、ふと「培われた美白は、一体いつのためのものなのか」と考える。少なくとも、日傘と手袋でガードしているときは、「そのとき」ではない。しかし実際には、「そのとき」は思いもかけぬタイミングでやってくる。

先日、地元の空港で、背後から名前を呼ばれた。振り向くと、なんと九年ぶりに会う高校の同級生だった。今は名古屋でパイロットをしているらしい。久々の再会を喜んだが、自分をかえりみて、ぎゃっと思った。そのとき私は、ノーメイクのひっつめ髪で、おみやげのじゃこ天やら飲む酢やらを買い漁っていたのである。ほとんど会う機会のない彼の記憶には、この先ながらく、このぼさぼさの姿がインプットされるのだろう。ああ。

以前にも似たようなことがあった。思わぬ怪我で救急病院に行くはめになった日曜日。私は完全なる部屋着で、ショッキングピンクのノースリーブに、藻の繁殖した沼のような緑色のハーフパンツという、とんちんかんないで立ちだった。そのまま外へ出るのはためらわれたが、怪我をしたのが手だったので、着替えられなかったのだ。ところが「大丈夫ですか？」と現れたお医者さんは、俳優さんのようにきらきらと素敵な若者だったのである。

こういうとき「誰かに会うと分かっていたら、きちんとしていたのに」と思う。人生いつでも本番なのだ。

とはいえ、いつも気を張っていると疲れてしまう。そこで私は、ある心掛けを実行することにした。それは、食器をしまいこまないことだ。

お気に入りの皿は、ついもったいなくて「とっておき」になり、なかなか日の目を見ない。しかし、それこそもったいないので、どんな皿も普段使いにしようと決めた。ふだんの食事を毎回、本番の食事にするのである。誰に見せるわけではないが、食卓がちょっと豪華で明るくなる。割れたら、そういう運命だ。

とっておきの砥部焼の大皿に、ちょこんと載せる筑前煮。プラスチックから出して、薔薇の切子に盛るゼリー。ああ、つくづく今が本番なのだ。

ちょっとなら

むかし、恋人の機嫌を損ねたことがある。原因は、ロールケーキだった。あるパーティーで、ロールケーキを一本もらった。普通なら二人で分けて食べるのだが、日持ちがしないのと、彼は甘いものが苦手だったのとで、私はそれを一人でたいらげてしまった。甘いものが苦手なら、ロールケーキなんて食べないだろう、と思ったのだ。

ところが、冷蔵庫を開けた彼は「なぜ僕の分をとっておいてくれなかったのか」と憤慨した。甘いものはだめだったんじゃないの？　と聞くと、たくさんは食べられないが、ちょっとならおいしい、と言う。むちゃくちゃな理屈だ、と思いながら、自分にも思い当たるふしがあった。私にとっては、チョコレートがそういう存在だ。たくさんは食べられないが、一～二粒ならおいしい。ちょっとなら好き、というわがままは、たしかにある。

これは、遊園地の絶叫系のアトラクションにもいえる。ジェットコースターなどは、数分のスリルだから楽しめるのだ。あれが永遠に続いたら、ただの地獄である。バンジージャンプもそうだ。ずっと宙づりで跳ね続けなければならないなら、昔の刑罰と変わらない。恐怖も、ちょっとだけだから楽しいのである。

逆に、大好きなものでも、たくさんありすぎるとだめだ、ということがある。芥川龍之介の小説「芋粥」は、まさにそれだろう。下級官吏の五位は、年に一度、ほんの少量しか食べられないごちそうの芋粥を、腹一杯食べてみたいと願う。その願いを知った藤原利仁が、私邸に五位を招待し、巨大な釜に大量の芋粥を用意する。あまりの量の多さに、五位は見るだけで満腹になり、ほんの少し啜っただけで箸を擱いてしまった、という話だ。

私も、金魚が好きだが、金魚掬いのプールの中のおびただしい数の金魚を見ると、なんともいえない恐ろしさをおぼえ、とてもかわいらしいとは思えない。やはり、一匹か二匹、小さな硝子鉢の中に飼うのがよいのだ。

水更へて金魚目さむるばかりなり　五百木瓢亭

ちょっとなら好きだったり、ありすぎると嫌だったり。人間は複雑だ。

子規と蚊

蚊の季節だ。梅雨になってから、蚊の数が一気に増えた。庭仕事をしているときはもちろんなのだが、お風呂上がりに素足めがけて飛んできたり、寝ていると耳のそばで音がしたり。原稿を書いていても、しばしば蚊の気配がするので、なんとなく気が散ってしまう。

蚊が一つまつすぐ耳へ来つつあり　篠原梵

蚊は不公平だ。同じ部屋の中にいても、何か所も刺される人と、全く刺されない人とがいる。ああ、人生の不条理よ。そういえば俳句も、人生の不条理を感じさせる代物である。どれだけ身を捧げても、名句が作れる確証はない。

しかし、嘆いてもしょうがないので、部屋には蚊を撃退するグッズを置き、刺されたときのために塗り薬を常備し、対策を講じている。俳句も、好きだから書き続ける。

書いていれば、俳句の神様が一瞬ほほ笑んでくれることもあるだろう。前向きに行こうではないか。

書を読むや蚊にさゝれたる足の裏　正岡子規

うわっ、足の裏。ぜったい痒《かゆ》いぞ、これは。子規には、蚊を詠んだ句が大量にある。病牀六尺の世界に生きた彼にとって、蚊は、自分のそばまで近寄ってくる、数少ない実感の季語だったろう。〈草の戸や君に逢ふ夜を蚊の多き〉は、楽しい会合の場面。蚊という邪魔者をいとわしく思いながらも、訪《おとの》うてくれた君と「蚊がたくさん飛んでいるねえ」などとほほ笑みを交わしたかもしれない。一人の夜でないことが嬉しいのか、蚊に対しても寛大になっている。〈病牀に心いらちて蚊を叩く〉では、いつ治るとも分からない自らの病への苛立ちが、蚊への苛立ちと重なった。〈一つづゝ殺せども蚊のへらざりき〉では、蚊のたくましさ、どれだけ叩いても減らないきりのなさが、的確に表現されている。いずれも共感を誘う句だ。

ぷーん。また蚊が近寄ってくる。叩くか。それとも詠むか。迷っているうちに、耳のあたりが痒くなってくる。

和金

知りあいに、一風変わった特技を持つ俳人がいる。人の本性を、動物でたとえるのだ。ある人はゆりかもめ、ある人はカピバラ。雨蛙と言われた人もいた。

しかし、誰でもすぐに言い当ててもらえるわけではない。ある程度、性格を見抜いてからでないと、たとえられないのだそうだ。あるとき、おもむろに「わかった！あなたは○○だわ」と、思い当たった動物を教えてくれる。彼女はしごく真剣なので、巫女のお告げのようだ。

あるとき、ついに、私にも「わかった！」と言われるときが来た。ジャズのコンサートを聴きにワインバーにいたときのこと。宴もたけなわ、ふいに「わかったわ、紗希ちゃんは、和金ね」と告げられた。「和金」という響きが、その場の洋風な雰囲気にそぐわなかったので、一瞬たじろいだが、帰りの車内で思い返すうち、だんだん嬉しくなってくる。

和金とは、金魚掬いでよく見る、あのふつうの金魚のことだ。金魚の中でも抜群に生命力が強く、長生きなのだという。私も、しごくふつうの人間だし、赤いワンピースも好きだし、よく見れば、生命線もとても長い。

しかし実際には、夜店で金魚掬いに興じることはほとんどなかった。チープな光に照り輝く、おびただしい数の金魚。一匹一匹ぜんぶが生きていると思うと、ちょっと怖かった。浴衣の子どもたちが寄り集まった一角には、独特の近寄りがたい雰囲気があった。結局、金魚を飼った経験はない。


てのひらにはりついてゐる金魚かな　千葉皓史

水槽の水を換えてやるときだろうか。掬った金魚をてのひらに載せたら、ぺたっとはりついたように平べったくなった。水の中では、あんなにひらひらと立体的だったのに。生き物でありながら、ある一瞬、物質のように思われることが、かえって金魚の生きているなまなましさを感じさせてくれる。

考えてみれば、俳句というものも金魚鉢に似ている。五七五のケージの中に、世界を、命を閉じ込めておくわけだから。本性が和金の私は、だから、俳句形式にことさら惹かれるのかもしれない。私はいつも、金魚鉢の小さな命を見つめるように、俳句という言葉に宿る命を、おそるおそる、見ている気がする。

飛行機と枕

六月、故郷・松山で、とある俳句賞の選考会が行われることになった。せっかくの機会なので、私も帰省して見に行くことに。すると、東京の俳句仲間、Tさんも観覧しに来ると言う。落ち合ってランチしようね、と約束していたのだが、当日、Tさんが到着するはずの時間に連絡がない。どうしたのかと心配していたら、なんと、彼女の乗った飛行機が空港に着かなかったのである。その日、松山空港は厚い霧に覆われて視界が悪く、飛行機は羽田空港まで逆戻りしてしまったのだ。

「飛行機に乗るのは六年ぶりで二回目だったんだけどね、こんなことよくあるの?」と驚くTさん。松山上空で旋回しながら着陸の機を見計らっていたが、離陸して五時間が過ぎたところで、燃料の関係で引き返すことになったのだそう。

私は、この六年間、俳句の番組の収録で、二週間に一度、東京と松山を往復してきた。収録は年間で四十回超あったから、六年間で五百回近く、飛行機に搭乗していることになる。けれど、これまで一度も、着陸できなかったことはなかった。

そういえばテレビで、芸人さんがこんな話をしていた。お笑いを志す人は、日常生活でも面白いことをしでかすので、それが話のネタになる。しかし、自分には何も起きないので、あるとき、自転車でめちゃくちゃに蛇行運転をしながら帰ってみた。しかし、どんなに危ないことをしても、結局無事に家に着いてしまったという。飛行機の件といい、驚きの事態に遭遇する確率は、人によって大きく違うようだ。

後輩にも、よく驚きの事態に陥ってしまう人がいる。この間は、四階の自分の部屋で枕を干していたら、つい落っことしてしまい、ふつうなら地面に落ちるところ、なんとバランスよく途中で電線に引っかかってしまったらしい。結局、管理人さんや二階三階の人を巻き込んでの、大捕り物となったそうだ。

二十数年生きてきて分かったことだが、私はどうやら、そうした特別な事態を起こす磁場を持たないらしい。平穏無事な日々の連続。だからこんなに俳句が楽しいのかもしれない。何も起こらないなら、自分の感受性のレンズを変えればいいのだ。朝顔が咲いたら嬉しい。揚羽を見かけたら嬉しい。そうすれば、いつもと同じ退屈な日々も、見え方が変わって驚きが増える。

句集と絵本

今年の夏はまるまる一か月、実家の松山で過ごした。生後半年の息子はその間に、首が据わり、寝返りを打ち、離乳食を食べるようになった。「にぎやかでええのう」と父も嬉しそうだ。

にぎやかなのはいいが、赤子の面倒を見ていると、自分の時間がとれない。机に座って句集を読んでいると、かまってもらえない息子が、ぎゃんぎゃん怒り出す。しょうがないから、絵本をひらいて声に出して読んでやると、一生懸命見つめ、描かれた蝶を摑もうと手を伸ばしたりする。満足したかなと思ってまた机に戻ると、気付いた息子はまたぎゃんぎゃん……この繰り返しである。まるでシジフォスの岩、これでは、積読の句集が増えてゆくばかりだ。

しかし、と考え直す。句集も絵本も、どちらも本だ。であれば、句集を絵本のように読み聞かせてはどうだろうか。息子のそばに寝そべり、句集をひらく。「みをそらす、にじのぜってん、しょけいだい。よのだかぽ、だかぽのだかぽ、ふんかのだかぽ」。前衛俳句の旗手・高柳重信の難解な俳句にもかかわらず、息子はパッと目を輝かせ、絵本の蝶に対するのと同様、食い入るように見つめている。俳句を印刷したときの余白が、視覚的に面白く映るのだろうか。これなら、私も句集が読めるし、息子もかまってもらっている満足感が得られる。一石二鳥だ。

文字を欲る赤子の十指霧の窓　紗希

観察していると、どうやら息子は絵よりも文字が好きらしい。時計の数字を見てはにやにや、掛け軸の書体を見てはにやにや。ぐずる息子を父が抱き上げて、カレンダーの前に連れていくと、じっと見入って大人しくなるから不思議なものだ。

夏が過ぎ、東京に戻ってひと月ほどたったころ、父の職場で俳句のイベントが開催されたらしい。普段は俳句を作らない父も、せっかくなので一句出したところ、なんと上位作品に選ばれたという。「孫を詠んだ俳句だから、甘くてダメって落とされるかなと思ったんだけど」と振り返りつつ、まんざらでもなさそうだ。どんな句なの、と聞くと、すかさずメールが届いた。「離れて住んでいるから、会いたいなって気持ちを、季語にこめてみた」と父。

星祭読めぬのに字の好きな孫　一仁

BB弾とオルゴール

「ママ、バーン！」

ドキッとした。二歳の息子が人差し指を私へ向け、銃を撃つまねをしたのだ。つい関西圏のノリで「うっ、やられた～」と応じてしまったが、なんとなくもやもやする。どこで覚えてきたのだろう。

謎は、保育園の参観日に解けた。着席して、さて給食を食べましょうという場面で、先生が「みんな、バーンの手をして」といいだしたのだ。チンジャオロースと炒飯を前に、子どもたちの手が次々、銃を模してゆく。

どうやら、食器の正しい持ち方を教えるためらしい。先生いわく、親指を立てて人差し指を伸ばした「バーンの手」に、フォークやスプーンをあてがうと、上手に持てるのだそう。たしかに、効率的な教え方だ。でも、幼い子が「バーン」「バーン」と指を向け合って笑っているのを見ると、ちょっと複雑な気分。うーん、食べるための銃、か。

息子は最近、パンチも覚えたようで、ライバル視するワニの人形に、及び腰ながら「パーンチ」と挑んでいる。余波で、私にまでパンチが飛んでくることも。これが、地味に痛い。

「あのね、ワニさんもママも、パンチされたら痛いよ。君だって、保育園でお友だちにパンチされたらいやでしょ。パンチが悪いことだと理解しておらず、きょとんとした表情をしている。私も彼を諭しながら、人に向けないパンチなんてあるのか、と自問する。空に向かってパンチ。風に向かってパンチ。暴力の衝動が、そんなふうに解消できるものならいいのだけれど。

息子はまだ、パンチは人に向けてしちゃダメ」

私が小学生のとき、BB弾なる遊びが流行った。草の実ほどの小さなプラスチックの弾を、おもちゃの銃で撃ち合うのだ。通学路にはいつも、残されたBB弾がころがっていて、きらきらとよく光った。銃が怖くて戦いに参加したことはなかった私も、BB弾はカラフルできれいなので、拾ってオルゴールのひきだしにしまったりした。

そのころ祖父に、一度だけ、戦争の話を聞いたことがある。「じいちゃんも、紗希ちゃんとおんなじ小学生でな。学校の庭で、銃剣の訓練をしたんじゃ。こーんな長い、重たいのを持ってなあ」。実家の目の前はもともと、海軍航空隊の基地だったらしい。「対岸に、大きな雲が見えてな。きのこ雲よ。何かと思うたわい」。対岸とは、瀬戸内海の向こう。広島の原爆を、小学生の祖父も、海をへだてた松山から見ていたのだ。

カンバスの余白八月十五日　紗希

ふだんは収穫した蜜柑や千代の富士の話をする口が、戦争を語る異様さに、小学生の私は緊張して、頷くばかりだった。いくら聞いてもついぞ知りえない現実、埋められない余白があるのだろう。それでも、もっと聞いておけばよかったと思う。

通学路には、青々とした田んぼに、飛行機を格納する壕が残っていた。フェンスには夏になると朝顔が咲き、秋にはぽろぽろと、硬く小さな種が落ちる。私はその黒い種を、BB弾と一緒に、オルゴールにしまった。

二〇一八年夏、赤い果汁を滴らせ、カット西瓜を口に運ぶ息子。どうか君の未来が、自分で選び取ることのできる、自由なものでありますように。「バーンの手」には、ひょいっと軽いフォークだけでじゅうぶんだ。

西瓜切る少年兵のいない国　紗希

八月の紫陽花

信濃なる千曲の川のさざれ石も君し踏みてば玉と拾はむ　詠み人知らず

信濃の千曲川の小石だって、君が踏んだものなら、宝石だと思って拾おう……。河原の小石という平凡な素材を核に、恋心を素直に詠みあげた和歌だ。日本文学史の講義で『万葉集』を取り上げた際、学生にいちばん人気だったのがこの歌だった。

「分かります。たとえば、アイドルがテレビ番組のロケで訪れた店を、ファンが聖地と呼んで、彼の座った席に自分も座りたがる、そんな気持ちですよね」

なるほど、的確な現代意訳。かつて千曲川のほとりで恋した名もない誰かの心が、千数百年以上経った今の若者の心に、さらりとシンクロする。肉体は消えても、心のかけらは言葉の中で、時を超えて生き続けるのだなあ。

そんな千曲川をはじめて訪れたのは、学生時代の夏休みのこと。句会に参加するため、友人と、長野の小諸を訪れたのだ。小石を宝石に変えてくれる恋人はいなかったが、千曲川の水量のゆたかさには驚いた。故郷・愛媛の松山は慢性水不足で知られる土地で、我が記憶の夏の川とは、川とは名ばかりの小石の原っぱだったから。

小諸城址の懐古園を歩き、俳句の素材を拾う。女郎花《おみなえし》に止まろうとホバリングするとんぼ、風に白くひるがえる葛の葉。東屋に出れば、八月になっても青さを失わず咲く紫陽花越しに、小諸の城下町が一望できた。

紫陽花に秋冷いたる信濃かな　杉田久女

初心者向けの俳句指南書ではよく、一句に季語を二つ以上入れる「季重《きがさ》なり」は避けよ、と書かれる。たとえば〈枝豆や秋の夜長に月を待つ〉という句があったとしよう。「枝豆」も「夜長」も「月」も秋の季語だが、月見に枝豆はつきものだし、そもそも月が出るのは夜に決まっている。たった十七音の中で、季語同士のイメージが重複すると、句の世界が狭まってもったいない。だから、不必要な季語は多用しないほうがいいのだ。

しかし、地方の特殊性を表すときには、季重なりが有効に働く。先ほどの久女の句、紫陽花といえばふつう梅雨を思うが、高原の信濃では、紫陽花がしおれぬまま季節が移ろい、いつしかひんやりと秋の空気が届く。季語「紫陽花」と「秋冷」のずれを意識的に用い、他と異なる信濃の風土をリアルに再現した。プロならではの技が光る句だ。

そういえば、懐古園の敷地には、動物園が併設されていた。散歩中のペンギンの行列と、細い坂道を譲り合ったのもなつかしい。印象に残るのは、園内に設置された、からっぽの檻。棲んでいた動物が死んでしまったのかと思いきや、下がる札には「ヒト（人間）」とある。客がみずから中に入り、展示動物の気分を味わう、皮肉な趣向だ。

檻には「ヒト」の説明が添えられていた。「言葉を発する。文字が書ける」「頭は良いが、とても危険な生き物」。たしかに、檻の中で息をするどの獣より、人間は危険かもしれない。でも言葉があり文字があることで、私たちは、小石を宝石に変え、季節をありのままに受け止め、さまざまな感情を書き伝えてきた。そのゆたかさを忘れさえしなければ、私たちはきっと、道を踏み外さないで済む。

檻の中から仰いだ信濃の空は、どこまでも青かった。

いきもの図鑑の最後ニンゲン雲うらら　紗希

金色の秋の気配

息子をベビーチェアに座らせ、朝ごはんを食べさせていると、テレビから「夏は夜。月のころはさらなり……」と聞こえてくる。見ると、幼稚園くらいの女の子が『枕草子』を暗誦していた。「にほんごであそぼ」という子ども向けの番組だ。

ようやく言葉が出はじめたうちの息子も、もしかして理解できるかしら。試しに「夏は?」と聞いてみる。すると、すかさず「みんみんみん!」そうか、夏といえばセミの鳴き声だよね。とうもろこしスープをぽたぽたこぼしている間も、二歳は二歳なりに、自分の夏の感じ方を育てているのだなあ。

清少納言は、夏という季節は夜が好きだといって、月や蛍をほめた。たしかに、夏の記憶を問われたとき、思い出すのは夜の場面が多い。幼なじみと連れ立って出かけた近所の八幡宮の夜店、浴衣の草履の鼻緒が擦れて痛かったこと、父と屋根に上って花火を見たときのひんやりした瓦の感触、車に乗って泊まりに行ったおばあちゃんの家の天井の木目……。

夏休みには毎年、母方の祖父母の家へ行くのがならいだった。山沿いを車で二時間ほど走ると、田んぼの中にかわいい平屋が見えてくる。盆栽の五葉松の栽培で知られた土地で、庭の囲いには、小さな松がぐるりと植えられていた。家の前には小川が流れていて、私と弟は、沢蟹をまたいで門をくぐった。

祖父母の家の中には、どこか進歩的な雰囲気が漂っていた。教師だった祖父の部屋には、当時はまだ珍しいパソコンが鎮座していて、私たち子どもは、見たことのないシューティングゲームに夢中になった。玄関の奥には、祖母の愛蔵の海外文学全集が並ぶ。エミリー・ブロンテやサリンジャーの名前は、祖母の書棚で知った。飼っていた洋犬の名は、アームストロング。月面着陸した船長の名前だ。

おばあちゃんちというのは不思議な場所で、時間の流れ方が、ふだん過ごしている家のそれとは少し違う。昼は西瓜にかぶりつき、夕べはいとこと線香花火を見つめる。畳に転がれば、鼻の上を吹きすぎてゆく風。宿題も、習い事もない。そこには、純粋な夏の時間があった。

夜、眠るときも特別だ。いつもと違うパジャマ、いつもと違う布団。ふだんは枕に頭を置けば五秒で眠れる私も、少し緊張して、しばらく天井の木目を見つめる。

眠るとき銀河がみえてゐると思ふ　石田郷子

夜の闇の中で目を閉じれば、天井も雲も、私と銀河を隔てるものは何にもなくなる。そのときはじめて、まなうらに、銀河がたしかに見えているような気がする……宇宙と私が直結する感覚を、自然体の口語で捉えた句だ。いわれてみれば、閉じたまぶたの裏には、残像のような光のもやが見えることがある。そうか、あれは銀河だったのか。

そういえば、母方の姓は星川という。ずいぶんと宇宙的でロマンチックな名前だが、なんでもその近くでは、むかし砂金がとれたのだとか。金という星を秘めた川。あの家の前の小川にも、かつてはきらきらと、金の砂が光っていたとしたら。

さらら、さらら。風の音か、川のせせらぎか。涼しくなった夜の窓に、寄せてくる金色の秋の気配。祖父母の家で眠ったあの夜、たしかに私にも、銀河が見えていたと思う。

沢蟹の眠りに金の銀河湧く　紗希

第二章
檸檬切る記憶の輪郭はひかり

——秋

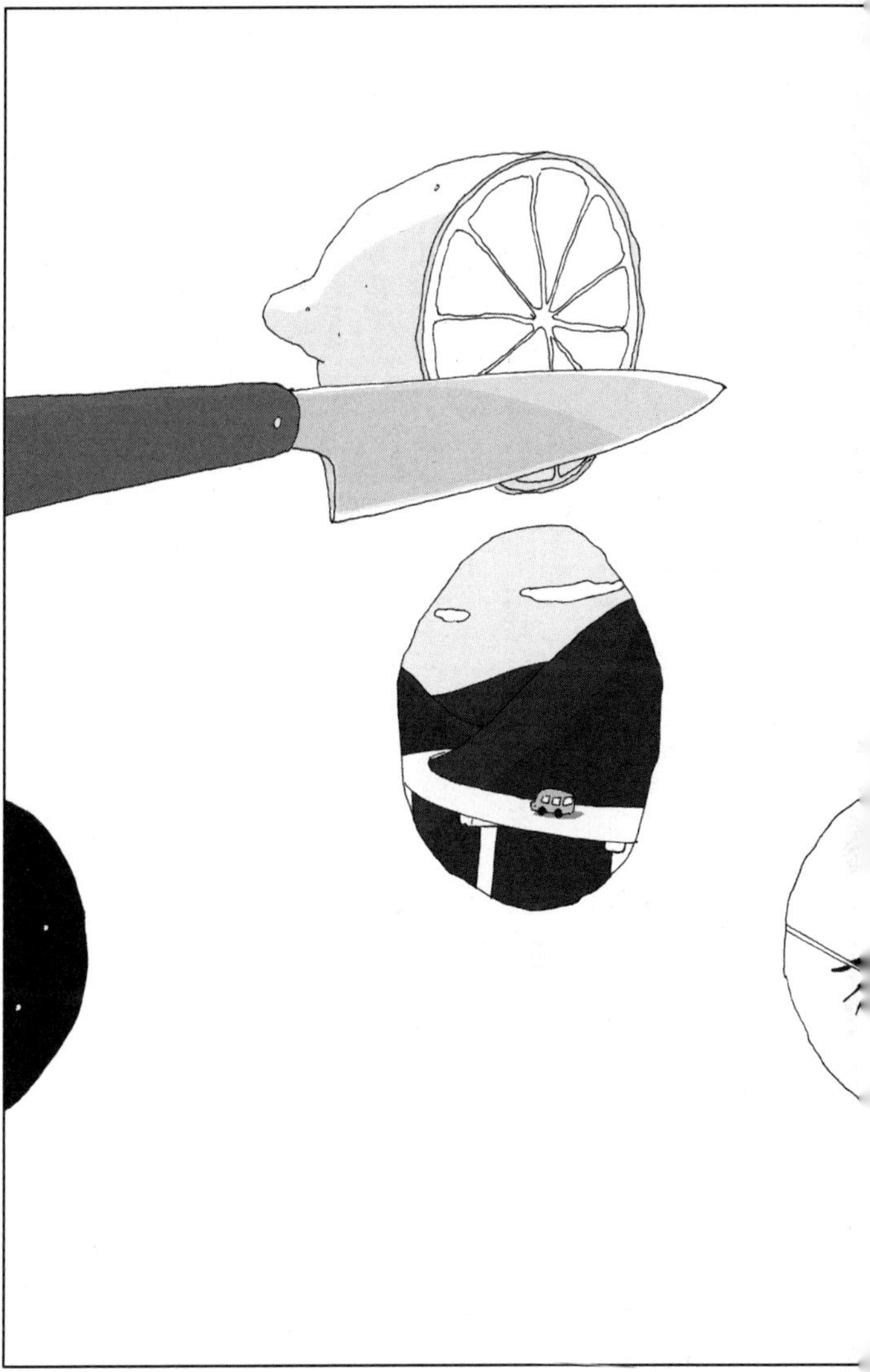

寂しいと言って

人には誰しも、それを見つけるとつい、立ち止まって見つめてしまうものがある。私にとっては、それが蔦《つた》だ。生まれたばかりの蔦の葉は、やわらかくて絹のよう。触れると、ああ春が来たんだ、と指先が喜ぶ。青蔦に飲み込まれた空き家に強い風が吹いた瞬間、蔦の家がぶわっと巨きくなったような気がする、夏の夕べの心のざわざわも好きだ。秋、思いの丈がそのまま色となったような深紅の蔦紅葉には思わず見とれてしまうし、冬に行き場をなくして木枯にさまよう蔓や、壁にしがみつく吸盤の必死さには、胸をぎゅうっとつかまれる。

絡みつく相手がいないと生きられないのに、ひとたび抱きしめたらその相手を覆い尽くしてしまう。なんてむなしい性《さが》だろう。加減というものを知らず、相手を束縛したいという欲望だけが肥大化してゆく。蔦は、飽くなき寂しさの権化だ。そんな蔦に、こんなに心惹かれて立ち止まってしまう私も、不器用でエゴイスティックな、蔦的人間なのかもしれない。

寂しいと言い私を蔦にせよ　紗希

この句を詠んだとき、私は十七歳の高校生で、恋をひとつ失って、とても寂しかった。片思いの彼が、別の同級生とカップルになってしまったのだ。恋敵は野球部のマネージャーで、小犬のように可愛い、人懐っこい女の子だった。一方、私はといえば、蔦。こりゃ勝てるわけがない。当時の句帳をめくると、初案は「蝶にせよ」。その下に、蔦に直した跡がある。

蝶よりも蔦になりたいと願った私は、その後、上京して夫と出会い、十年かけて夫婦となった。夫は口が裂けても寂しいとは言わない。だから私は今でも蔦にならず、人間のままだ。買い物袋を提げ、家へと帰る石段に、蔦の葉がさわさわと揺れる。蔦よ、お前はそれで満足かい。

恋の代わりに一句を得たあのときから、私は俳句という蔦に搦めとられて、私自身を吸わせ続けている。俳句に覆い尽くされ私が見えなくなるその日まで、寂しい、寂しいと言って、私は詠み続けるのだろう。

沈黙の詩、静寂の世界

ツクヽヽボーシツクヽヽボーシバカリナリ　正岡子規

夏が終わり、秋のはじめになると、この句を思い出す。本当に、ツクツクボウシって、こんな感じで鳴くよなあ。心情を語らずとも、ツクツクボウシの声だけで詩になるのが、短いゆえの俳句の特性だ。とはいえ、「バカリナリ」という描写は、アブラゼミやクマゼミたちがすでに死に絶えたことを示し、衰えゆく季節のはかなさを静かに訴えてもいる。

そういえば、高校時代に出会った俳句にすんなり馴染むことができたのは、俳句が「語らない詩」だったからだろう。

東風《こち》吹かば匂ひおこせよ梅の花

春を告げる風が吹いたら、梅の木よ、花を咲かせて匂いを漂わせなさい……世界の春を寿ぐ俳句に見える。実はこれ、和歌の上《かみ》の句（五七五）を、そのまま切り出しただけなのだ。

東風吹かば匂ひおこせよ梅の花主なしとて春を忘るな　菅原道真

道真が政争に負けて大宰府へ左遷される際、都を離れる寂しさをこめた一首だ。主の私が西へ去っても、都の我が庭の梅の木よ、春を忘れずに咲くのだよ……。後半の七七の部分に、作者の複雑な感情があふれている。

短歌の長さだと、具体的なモノや風景を描写し、さらに思いも述べられる。でも、俳句には短歌の七七がないから、風景か思いか、どちらかしかいえない。そこで俳句は、思いを飲み込んだ。モノや風景を描写することで、間接的に伝わるものを頼みにしたのである。気持ちを言葉にするのが苦手だった私は、この沈黙の詩のとりことなった。言葉にできない何かを、言葉にしないという方法で、なおかつ言葉で記述するすべが、この世界にあったなんて。

七七を切り捨てたとき、俳句は沈黙を抱き込んだ。蛙が飛び込み、法隆寺の鐘がひびき、ツクツクボウシが鳴き続ける、静寂の世界。その沈黙が心地よくて、今日も句帳をひらく。

棚に並べて

高校時代、私が俳句をしているのを知る友人から、「紗希の好きな俳句ってどんな句なん?」と聞かれた。私は次の句を挙げた。

がんばるわなんて言うなよ草の花　坪内稔典

すると友人はまず、「草の花」という言葉を知らないので、意味を教えてほしいと言う。私は、「草の花」というのは季語で、秋になると草々がつける花を指すのだ、名もない雑草も全部まとめて「草の花」と呼ぶのだと説明した。彼女は首をかしげて考えていたが、ぱっと顔を上げて、今度は「ねえ、なんでいきなり『草の花』が出てくるん?」と言った。「がんばるわなんて言うなよ」というフレーズは、ドラマで出てくるセリフみたいで素敵だが、そのあとに、貼り付けたように「草の花」があるのが、分からないのだという。

このように、いきなり「草の花」を貼り付ける方法は、俳句では「取り合わせ」とか「二物衝撃」といった技法として知られている。別々の二つのものを、一つの俳句の中に並べることで、その関係性を楽しむ方法だ。

棚にまず、葡萄《ぶどう》をひと房置くとする。その隣に、ハリー・ポッターの洋書なんかが立てかけられていると、ああ、素敵な組み合わせ、と思う。葡萄が、まるで魔法と関わりがあるかのように楽しく見えてくるし、重厚な本も、葡萄のつやつやした色のそばで、より美しく感じるだろう。しかし、葡萄の隣に、クイックルワイパーの詰め替えの袋なんかが置かれていると、葡萄がいかにも美味しくなさそうで、光も失われてしまう。俳句でも、十七音という狭い幅の棚に、さてどんなものを並べて置くかというところで、作者のセンスが試されるのである。

「草の花」の句の場合は、「がんばるわなんて言うなよ」というフレーズに滲《にじ》むやるせなさや切なさが、けなげな草の花によってより深く引き出されているし、草の花も切ないセリフと並べられることで、一生懸命に咲いている姿が際立ってくる。

ではたとえば次の句はどうだろうか。この句の棚に並ぶ二つのものは、私たちに、どんな感情を与えてくれるだろうか。

一生の手紙の嵩《かさ》や秋つばめ　田中裕明

生ハムメロン

中学生のころ、フランス料理店で、家族に誕生日を祝ってもらったことがある。フランス料理なんてほとんど食べたことがなかったので、はじめてのことばかり。卓に揃えられたいくつものナイフとフォークに、毎回出すのが面倒だから最初から並べてあるのかしらと思ったり、エスカルゴを食べて、そのへんの壁に這っているかたつむりを集める仕事があるんだろうか、と疑問が湧いてきたり。

中でも驚いたのは、前菜の盛り合わせの生ハムメロンだ。なんと、果物に肉が載っている。肉は食事のもの、果物はデザートのものだと思いこんでいたので、その二つを一緒に口の中に入れることが想像できなかったのだ。さすがに合わない、フランス人も変なことをする、と思いながら、おそるおそる食べてみると、これがなんと、とても美味しい。メロンはメロンの味だし、生ハムも生ハムの味なのだけれど、甘みと塩気のバランス、絶妙に相性がいい。よくこんな料理を考え出したものだ。

ほかにも、意外な食材が出合う料理は、けっこうある。たとえば、酢豚に入っているパイナップル、ドライカレーのレーズン。ゴルゴンゾーラチーズのピザに蜂蜜の小瓶が添えられていたときも驚いた。さらに、アルバイト先の小料理屋では、店主が賄《まかな》いを作ってくれるのだが、ある日はなんと、マンゴーカツオ丼なる代物だった。スライスしたマンゴーとカツオのたたきをどんぶりに盛りつけ、薬味と醬油で食べるのである。半信半疑というより、ほぼ疑って口に運んだが、これもとても美味しかった。まさに、料理は創作。違ったものを取り合わせて、新しい世界をつくるのだ。

鶏頭花ポテトサラダをつくりけり　藤田哲史

俳句にも、取り合わせという技法がある。全く別種のものを一句の中に盛ることで、相性を楽しむのだ。この句では、鶏頭花とポテトサラダが、一句の中で新しい出会いを遂げている。キッチンから庭が見えるのだろう。鶏頭というごつごつとした花と並べることで、ポテトがマッシュされたり形が残っていたりする質感が際立つし、赤と白の色の対比も鮮やかだ。何より、秋の暗さを携えた鶏頭が、ポテトサラダの明るさで、さっぱりと気持ちよさそうに立っているのがいい。

露の世の醍醐味

「こんど、おっと、いない」

朝日に目覚めた二歳の息子がつぶやいた。夫を失った女性の魂が乗り移ったかと焦ったが、どうやら「おっと、いない」ではなく「音、ない」。昨夜聞こえていた虫の声が、今朝は聞こえない、と言いたかったらしい。

「こんど」とは、これまで繰り返されてきた事柄のうち、今この一回を指す言葉だ。過去を覚えているからこそ「こんど」が分かる。この子も成長したのだなあ。ほろり。

というのも、生後二か月ではじめて予防接種を受けたとき。怖がって泣くかと思いきや、先生の前に座っても注射針が登場しても、平然としている。まだそれが痛いものだと知らないのだ。いざ腕に刺されてはじめてわーっと泣き出した。と思ったら、針を抜くと、ピタッと泣きやむ。二本目も三本目も同じ。針を刺している間だけ泣いて、抜けばもとの無表情に戻る。

つまり、赤ん坊には「今」しかないのだ。今、痛いから泣く。抜けば、今、痛くないから平気。過去も未来もない。彼らは、今が常に更新されてゆく、まっさらな世界を生きている。

それが、生後半年を過ぎたころには、刺す前には嫌がって泣き、抜いた後もしばらくべそべそしている。痛かったという過去の記憶ができたから次の注射を拒否し、刺された後も痛みの記憶を引きずって泣くのだ。痛かったね、大丈夫よと撫でてやる小さな頭の中に、少しずつ記憶が蓄積されていく。

最近では、時間を示す言葉がずいぶん使えるようになった。食事の前にデザートを食べたがって「ぶどう、先！」パズルの途中で呼ばれたら「いったん、置いて」。過去が今に、今が未来へつながる、時間感覚が育っている証拠だ。しかし、遊びに熱中すると「ごはん、まだ！」「歯磨き、後で！」と主張してくるのはいかがなものか。後回しにするくせがつくと、のちのち痛い目を見るぞ。後で書こう、後で書こうと原稿を後回しにして締切に苦しむ母の、同じ轍を踏まないように……。

「もっかい、もっかい！」ゾウの親子のドキュメンタリーが終わり、画面は園芸番組に切り替わっている。「もう一回、ゾウ！」繰り返し見たいとせがむ息子に「ゾウさんはもう終わったの。時間は戻らないんだ」と諭す。ゆく河の流れは絶えずして、しかももとの水にあらず。息子よ、時は常に新しく流れているのだ。

季節もめぐる。夏の影はいつしか身をひそめ、今は二十四節気の「白露《はくろ》」のころ。

草花に朝露がおりはじめ、さわやかに天高く、本格的な秋の到来だ。

靄の中露りんりんと日に光り　川端茅舎

ひんやりと立ちこめる靄の中、露の玉が朝日の中で、澄んだ輝きを放つ。りんりんと圧倒的な今が震える句だ。古来、風が吹けばすぐこぼれる露は、儚《はかな》い命、ままならないこの世の、無常の象徴だった。人生は短い。だからこそ、今この瞬間がまばゆく尊い。

「つぎは、なあに？」音楽を流しながらのドライブの途中、一曲終わったときに息子が聞いた。過去が終わり今が過ぎれば、次は未来が訪れる。そうそう、過ぎた時間は戻らないが、来るべき未来を心待ちにするのも、露の世の醍醐味なのだよ。

「ね、次はどんな曲だろうね」

待つ楽しみを知りはじめた息子の瞳に、雲は高くたなびき、世界は秋の光に満ちていた。

檸檬《れもん》切る記憶の輪郭はひかり　紗希

「ふつう」が難しい

「得意料理ってさ、ある?」

出産したばかりの友人宅で、ノンカフェインの紅茶を飲みながら雑談していたときのこと。

「うーん、どうだろう」

ただの料理なら日々それなりにこなしているつもりだが、かんむりに「得意」がつくとなると、おいそれと挙げられない。得意料理として自己申告するからには、他を圧倒する何かが必要なはずだ。とろとろ加減が絶妙なオムライスとか、フレンチシェフに習ったきのこたっぷりキッシュとか、おばあちゃん秘伝の筑前煮とか。

かえりみれば、私のふだんの料理は、時間との戦いだ。仕事から帰宅して子どものおなかがすくまでの短時間に、いかに必要分を用意するか。目指すのは「それなり」をクリアすること。コトコト煮ている暇はない。時短でもおいしい市販の万能だれや、パスタソースのおすすめなら、答えられるんだけど。

趣味を聞かれたときにも、似たような葛藤がある。みずから趣味と申告するからには、ある程度のレベルを求められる気がして、ひるんでしまうのだ。

たとえば読書。本を読むのは好きだが、あくまで「それなり」である。一方、私の周囲には、正真正銘の本好きが何人もいる。文学科の同期は、本を買うため食費を削っていた。「いま、この出会いを逃すと、もう会えないかもしれないから……」。もはや恋である。俳句仲間には、あふれる蔵書のために家を建てた人もいる。もはや結婚である。私はといえば、小説でもエッセイでも、おりおり気になったものを読むだけだ。だから網羅的な知識につながらない。「川端康成ならやっぱり『眠れる美女』が好きかな」「SFなら任せて、どんなのが好みなの?」とか、言えたらかっこいいんだけど。

かつては「趣味は俳句です」と答えれば済んだのだが、職業欄に「俳人」と書くようになってからは、趣味欄が空白になってしまった。

世の中には同じ悩みの人がいるようで、ウェブには「一生付き合う趣味探し」「趣味がないならコレ」といった記事がずらりと並ぶ。乗馬、スキューバダイビング、ダーツ。どれも楽しそうだが、ややハードルが高い。「インドアなあなたにおすすめのオトナ趣味」、お、これならいけるかな。ページをひらくと、紹介されていたのは、掃除、洗濯、料理……。それ、ただの家事やんか。

そもそも、友人はなぜいきなり得意料理を聞いてきたのか。

「うん、私が作った料理がね、この子にとっては、おふくろの味になるのかって思ってね」

彼女は、赤ん坊の小さな足の裏をくすぐってあやしながら、そうほほ笑んだ。おふくろの味かあ。たしかに、参観日の作文で「お母さんのシューマイは絶品です。冷凍庫からレンジでチンしてすぐです」と言われるのは避けたいかも。

私にとってのおふくろの味は、クリームシチュー？　煮込みハンバーグ？　やっぱり、おむすびかなあ。母のおむすびは、俵型に海苔を巻いた、なんの変哲もないおむすびだが、絶妙な塩加減とやさしい握り方で、他のどんなおむすびよりおいしい。

「ふつうに握っとるだけよ」と母は言うけれど、その「ふつう」が難しいんだよなあ。

私の「ふつう」を探すこと。我が子にとってのおふくろの味を見つけること。これを目下の目標としつつ、今日はとりあえず、素麺を茹でて昼餉《ひるげ》とする。


ふつうの夜風ふつうのおむすびの夜食　紗希

鐘つけば、柿くへば秋

鐘つけば銀杏ちるなり建長寺　夏目漱石

鎌倉の建長寺だ。寺の鐘をついたら、銀杏《いちよう》の葉がはらはらと散る。ああ、秋だなあ。気分のいい句だが、ん？　どこかで聞いたことがあるような？

柿くへば鐘が鳴るなり法隆寺　正岡子規

そう、日本を代表するあの名句と、形がそっくりなのだ。しかも、実は漱石のほうが、子規より二か月早く詠んだ。漱石に訴えられたら子規が負けるレベルの類似だが、これはおそらく二人とも了解済みのこと。この句はどちらも、明治二十八年の秋の作だ。大学時代からの親友だった漱石と子規にとって、この秋は特別な交差点だった。

その春、漱石は中学の英語教師として、愛媛・松山に赴任する。一方、子規は日清戦争の従軍記者として、結核の身で満州へ。案の定、無理がたたって帰路に大喀血《かっけつ》。神戸の病院で一命をとりとめ、故郷・松山に療養帰省した。退屈していた漱石は喜んで、子規を下宿へ呼び寄せる。その名は「愚陀仏庵《ぐだぶつあん》」。愚陀仏とは、阿弥陀仏を自虐的にもじった、漱石のペンネームだ。一人の時間に漱石は、ぐだぐだぶつぶつ、世界や文学について考えていたのだろうか。

一階に子規、二階に漱石。アラサー男子二人の奇妙な五十二日間の同居生活は、子規を訪ねてくる松山の俳人たちによって、朝な夕な、にぎやかだった。その中に、二人と同い年の柳原極堂《きょくどう》もいた。彼の勧める新聞社の紙面に、漱石の銀杏の句が載ったのは、同居中の九月六日。新聞を見て、子規が漱石に句の感想を述べたこともあっただろう。

子規ごろり漱石あぐら柿たわわ　紗希

十月、体調の落ち着いた子規は東京の自宅へ。その途次に奈良へ寄りたいと、漱石に旅費をせびり松山を去った。その旅で詠んだのが「柿くへば」だ。句の形も金も漱石に借りた、ちゃっかり者の子規である。その後、子規は病臥の身となり、ふたたび旅に出ることはなかった。

俳句は座の文学だ。親しい仲間が集い、批評をし、共同の場で言葉を磨いてゆく。ものを書くとは往々にして孤独な営みだが、俳句はその孤独のあとさきに、連衆《れんじゅ》の笑い声がひびく。

愚陀仏庵で句座を重ね、文学を語った二人。尊い時間を思い返しながら、子規は奈良で詠んだ。なあ漱石、君の句を踏まえて、僕はこんな句を作ったぞ。どうだ、君のより面白いだろう。漱石はしてやられたと思ったか、俺のほうが出来がいいと笑ったか。ともあれ、子規の一世一代の名句は、漱石のアシストで生まれた。二人の友情の結晶だ。

九月十九日は子規忌。漱石と松山で共同生活を送ってから七年後の秋、子規はこの世を去った。旅好きだった子規が、人生最後の旅で得た柿の句は、今もほがらかに語り継がれている。

そういえば私の母校は、子規が学び漱石が赴任した学校で、校内にはこんな句碑があった。

行く我にとゞまる汝に秋二つ　子規

我＝子規が愚陀仏庵を去り帰京する際、汝《なれ》＝漱石へ送った句だ。ひとつの秋を共にした時は過ぎ、別々の道へ。互いにまだ何者でもなかった、あの松山の秋を交差点として、二つの人生は文学の海へ漕ぎ出した。

鐘つけば、秋。柿くへば秋。人の数だけ、秋がある。さて、私のこの秋は、いかなる出会いが待っているか。二歳の息子に柿を剝きつつ考える。

露月の秋

夏の甲子園、今年は地元・松山の高校がベスト4に残る快進撃を見せた。その立役者は、ほぼ全イニングを投げ通したエースのY選手。ピンチになっても表情を変えず、穏やかに淡々と、自分の投球を崩さない。テレビ画面に大写しになる彼の顔を見るたび、誰かに似ているなあと思っていたら、一緒に見ていた母がこう言った。

「ねえ、このピッチャーの子、子規さんに似てない？」

そうだ、子規だ！　遠くを見つめているような、涼しげな目。意志を感じさせる、結ばれた口もと。帽子をかぶってバットを持った、野球好きの子規の写真を思い出す。きっと子規もこんな感じで、投げたり打ったり、仲間と笑い合ったりしていたのだ。

句会や俳句大会に呼ばれて全国を旅するとき、土地土地で、子規の弟子や関係者の名を見聞きする。私が、子規の故郷・松山の出身だと知ると、みな彼の話をしたがるのだ。青森の弘前へゆけば「ちょうど、陸羯南《くがかつなん》展やってるんです。子規さんとは、本当にご縁が深くて」。羯南は、子規が勤めた新聞「日本」の創刊者で、公私ともに子規を支えた大恩人である。島根の出雲へゆけば「大谷繞石《おおたにぎょうせき》ってご存知ですか？」繞石は松江中学時代にラフカディオ・ハーンに英文学を学び、高校で同級だった高浜虚子や河東碧梧桐の影響で子規門下に入った、英文学者だ。みなさん嬉しそうに、地元ゆかりの偉人と子規とのつながりを報告してくださるので、私も「いえいえ、その節は子規さんがお世話になりまして」と、親戚のような気持ちになって応える。だって、松山では、小さいころからみんな、子規さん子規さんと呼んで、本当に親戚のお兄ちゃんのように、あの横顔に親しんでいるのだから。

あるとき、秋田市の郊外にある、石井露月《ろげつ》の生家を訪ねた。高校生との俳句イベントに招待された折、どこでも案内しますよ、と言われてリクエストしたのだ。市内から車で一時間弱。露月は子規門下の四天王と呼ばれた一人で、同世代の碧梧桐や虚子とともに、子規に大きな期待をかけられていた。書斎には、今ちょっとお留守ですよという感じで、露月のカンカン帽が掛かっている。壁の短冊には〈子規の後三十年や秋の風〉の句が。故郷・秋田に戻った露月と一緒に、子規派の新俳句をおしすすめた島田五空《ごくう》が、露月の死に捧げた追悼句だ。子規が亡くなった後、三十年近くの月日を、君と僕と、頑張ってきたね。秋風が、友を失った寂しさを募らせる。露月が亡くなったのは、子規没後二十六年経った一九二八年九月十八日。子規忌とたった一日違いだった。その名にふさわしく、露がおりはじめ、月の美しくなる秋のこと。

闇汁に打込れたる南瓜かな　露月

文学を諦めて医学の道を選び、晴れて医師となった露月が東京を訪れた際、かつての俳句仲間は歓迎し、虚子宅で闇汁会を開いた。鍋の具に南瓜《かぼちゃ》を持参した露月は、その場の句会でこの句を出した。「打込れたる」の語の勢いに、当日の賑わいが見える。病床の子規もわざわざ参加し、「ホトトギス」誌に図解つきのレポートまで記した。「鳴雪翁曰く、うまい。碧梧桐曰く、うまい。四方太曰く、うまい。繞石曰く、うまい。我曰く、うまい。虚子曰く、うまい。露月独り言はず、立どころに三椀を尽す」(正岡子規「闇汁図解」)。露月の寡黙な性格がうかがい知れるくだりだ。結局、露月は静かに四杯を平らげ、歓迎の心に応えた。

地元保存会の方に見せていただいた露月宛の手紙には、「僕は子規が死んだらもう句作をやめやうかなどとも思つとる」という葛藤を綴った碧梧桐の手紙もあった。本音を語り合う子規の弟子たちの、横のつながり、信頼の強さ。その日は文学館に貸し出していて部屋にはなかったが、露月は、いつも座っていた文机の後ろの鴨居に、生涯、あの子規の横顔の写し絵を掲げていたという。つねに後ろに、師・子規の存在を感じながら、創作に取り組み続けた日々。ここにもたしかに、子規は生きていた。

今生のいまが倖せ

四〜五歳までは胎内の記憶があると耳にしたので、喋りはじめた二歳の息子に聞いてみた。

「ねえ、お母さんのおなかの中にいた頃のこと、覚えてる？」

「うん」

「どんな感じだった？」

「んとね、ヤミヤミ」

ヤミヤミとは、暗闇のこと。テレビで暗闇を擬人化した歌を見て以来、暗い場所を「ヤミヤミ」と表すようになったのだ。

「そっかあ、暗かったのかあ。苦しかった？」

「ううん、オフトン、なか」

「布団の中みたいだったの？」

「うん、せまーい」

語彙が少ないわりには、なかなか具体的な証言だぞ。感動してぎゅっと抱きしめると、

「ママ、せまーい！」

と言って逃げ去ってしまった。

私が思い出せる最古の記憶は三歳の春。幼稚園の入園式で、廊下を走って先生に叱られたのだった。平屋の園舎の屋根の赤さを、妙に覚えている。では、それ以前の記憶はどこへ行ったのか。胎内はおろか、〇歳〜二歳のころを覚えている人はほとんどいないだろう。でも、忘れてよかった気も。羊水の中で、腕の中で、ただ守られていたあのころ。その幸せを覚えていたら、あのころはよかったと常に比較し、人生の艱難辛苦を乗りこえられないかもしれない。

今生のいまが倖せ衣被　鈴木真砂女

これまで生きてきた中で、今がいちばん幸せよ……そう頷きながら、衣被《きぬかつぎ》を食べる。衣被とは、里芋の小芋を皮ごと茹で、つるんと剝いて食べる秋の料理。ごま塩をふると、芋の素朴な甘味が引き立つ。真砂女八十代、人生を振り返っての一句だ。真砂女の人生は波乱万丈だった。博打好きの夫が蒸発し、実家の老舗旅館に戻ると、姉が病

死、その夫の後添えに。女将として旅館を切り盛りするも、妻子ある男性と恋に落ち、五十歳で家を飛び出した。銀座に開いた小料理屋の名は「卯波」。九十六歳で亡くなる数年前までその灯を守り続けた。恋のこと、店のこと。人生と正面から向かい合った私小説的な俳句は、今も広く愛されている。

実は私、二十歳のときから十年ほど、この「卯波」でお運びをしていた。店のホームページに「万年バイト募集中」とあるのを、たまたま発見して連絡したのだ。伝説の俳人の店で働けるなんて！　真砂女はすでに亡くなっていたが、孫の宗男さんが店を引き継いでいた。

大学の講義が終わると、地下鉄に乗って銀座へ。並木通りを少し歩き、小さな鳥居のお稲荷さんの角を曲がれば卯波だ。八坪の店に、カウンター九席、小上がりが二つ。新じゃがの揚げ煮や水茄子のナムルの皿が所狭しと並ぶ。秋になると、衣被もよく売れた。

ある日、余った衣被をまかないに持たせてもらった。深夜一時、帰宅したワンルームでひとつぶ口に放り込む。庶民的で、なつかしい甘さ。これが真砂女のたどりついた幸せの味か。

そういえば、卯波の路地のお稲荷さんは、その名も幸《さいわい》稲荷。衣被のような普段着の現在を「今生のいまが倖せ」と肯《うけが》える、そんな生き方ができたなら。今年も八百屋に並びはじめた里芋の小芋を横目に、あの衣被の味を思い出しつつ、私は私の今生の、保育園のお迎えに急ぐ。

檸檬スカッシュ輝かせどの今も今　紗希

理由をください

午後三時、実家の居間でごろごろしていると、母が水ようかんのふたを開けながら、こんなことをつぶやいた。

「冷蔵庫にすきまを作るために水ようかん食べようっと」

甘いものが欲しいという個人的な理由ではなく、冷蔵庫の空間を広くするためという大義名分を持ち出してきたので、こちらもつい笑ってしまう。

「何それ、食べたいだけやん」

「ううん、食べたいだけなら、カロリー気にして我慢しようかなって思うもん。他にも、食べていい理由が必要なんよ。紗希も、おひとつ、どう？」

なるほど、そういう理屈か。もちろん、私も冷蔵庫のスペース確保に協力した。

たしかに、人間というのは、理由が欲しい生き物だ。恋人に別れを切り出されたら、納得するはずもないのに「なぜ？」と聞いてしまうし、テレビをつければ、事件を報じるキャスターが、なぜこうなったのか、どうすれば防げるのかと、神妙に分析する。

たぶん、ホッとしたいのだ。理由が分かれば、対策を立てられるかもしれない。逆に、理由が分からないことは、どう防げばいいか分からずに、立ち尽くしてしまう。ふだん私たちは、自分の意志で進むべき道を選んでいる気持ちでいても、実際には運命に左右されるところが大きい。いつ誰と出会い別れ、いつどうやって死ぬか、私たちには予測することが難しい。人生においては結局、偶然を避けられない。その不安定な事実を直視するのが怖いのだ。

ほら、あの、右足から靴を履くと一日幸せに過ごせるとか、試験の前にカツカレーを食べると受かるとかいう、根拠のないジンクスのたぐいも、運命に対するアリバイのようなものではないか。傘が壊れてしまって、びしょ濡れで駅から帰るとき、ジンクスを引き合いに出せば「今朝は間違えて左足から靴を履いたからだ!」と、不幸の理由を見つけることができる。

小学生のころ、消しゴムに好きな人の名前を書いて他人に見られず使い切れたら、両思いになれるというおまじないに挑戦した。カバーで上手に隠しながら消しゴムを使いきったとき、えもいわれぬ自信が湧いてきたものである。さあ告白しよう。結果は惨敗だったが、私は「気づかないうちに、誰かに消しゴムの名前を見られたから、おまじないの効力がなくなり、告白が失敗に終わったのでは」と、ふられた理由をおまじないに求め、心の平穏を保った。

理由が分かればホッとすると書いたが、その理由が深刻なものだと、やはりつらいわけで。たとえば、営業先で契約を取れなかったことが自分の能力の欠如のせいだと考えると、一朝一夕に改善できず立ち直れない。でも、朝、黒猫に道を横切られたから不幸が起きたのだと思えば、少しは気が楽になる。傘が壊れたのはケチって安物を買ったからで、ふられたのは私に魅力がないせいで、いい俳句が詠めない理由は才能の乏しさだなんて、そんな本当のこと、認めたくないではないか。

いや、いつかは自分の欠点と逃げずに向き合わねばならぬときが来るだろう。でもそれが、今日でなくたっていい。理由という心の保険をかけて、落ち込んでいる今日をやり過ごすことも、人生という理由なき旅の、ささやかな杖となるはずだ。

頑張ってみるけど今日は猫じゃらし　紗希

夢の世を漕いでゆけ

「ロウ、ロウ、ロウ！」

二歳の息子がせがむので、私も下手な英語で歌ってやる。

「Row row row your boat」、ボートを漕ごう、そっと流れに乗って……いまお気に入りの、英語の童謡なのだ。

アンパンマンがこの歌を歌いながら、ボートを漕いでワニから逃げるアニメを見た。それからというもの、お風呂でロウロウ、散歩のベビーカーでロウロウ。ひとたび歌えば「ワニ、来る！」と大興奮だ。大人が飽きても、ごっこ遊びは続く。もう十四回目だぞ……いっしょに透明なオールを漕ぎながら、急げ急げとワニから逃げる。

ボートといえば、母校の松山東高校には、ボートレース大会という、一風変わったイベントがあった。なんでも戦前から続く行事で、全校が四チームに分かれ、選抜生徒がボートを漕いで競うのだ。会場は瀬戸内海。砂浜ではビーチフラッグや応援合戦があり、運動会の前哨戦として、それはまあ盛り上がる。

「ひがしこー、がんばって、いきまっしょい!」

「しょい!」

代々伝わる掛け声が、浜辺にひびきわたる。応援するにも、体育のランニングをするにも、東高生はこの掛け声で気合を入れる。文弱の私も、俳句甲子園に出場したときには、円陣を組んで「がんばっていきまっしょい!」と思いをこめた。

この掛け声をタイトルとした映画『がんばっていきまっしょい』は、松山東高の女子ボート部が舞台だ。瀬戸内の夕日にきらめくボート部の練習姿に憧れた主人公は、女子ボート部を立ち上げ、部員を集めて大会を目指す。この作品で映画デビューした田中麗奈さんが、ボートに青春をかけた主人公をまっすぐ演じたことでも話題になった。

私の入学する前年にロケが行われ、先輩たちはエキストラとして入学式のシーンに参加したらしい。「麗奈ちゃんの顔の、小さかったこと!」放送部の部室で先輩がうっとりと語るのを横目に、新入部員の私はボートレースの映像を確認していた。秋の放送大会に出すドキュメント作品に、女子ボート部を取り上げようと考えていたのだ。ボート部の友人に密着して、映画の原作である小説の作者・敷村良子さんに電話インタビューして。なにより、海辺での練習風景の撮影は忘れられない。

翡翠の海を滑ってゆく、針葉のようなボートの光。優しい波音にやわらかく重なる掛け声。水平線に夕日が触れて、海が金色に染まるころ、部員はボートを艇庫にしまい、ありがとうございました、と海へ一礼した。

海に礼桜紅葉の艇庫から　紗希

そのころ俳句をはじめたばかりの私は、ファインダー越しの真摯な姿を句にも詠んだ。体験は俳句を輝かせる。放送部の映像作品とは違うが、これも、あの秋のドキュメンタリーだ。

冒頭のボートの歌は、「Life is but a dream」、人生は夢にすぎないと、やや厭世的な歌詞で終わる。たしかに、人生は夢のように儚いかもしれない。でも、人生には夢のように美しい瞬間もある。あの秋、編集作業にこもる夜の部室で、画面に繰り返し再生された海光は、闇の中、本当に夢のように、美しく輝いていた。

追いかけてくるワニはいつしか、受験やノルマや締切に変わる。運命に舵をとられることもあるだろう。それでも二歳児よ、君はこの夢の世を、自分の櫂で漕いでゆくのだ。

行け、ロウ、ロウ、ロウ！

えーえん、えーえん

積み木であそぶ息子のそばに私のスマホが転がっている。また勝手にいじったな。スマートフォンは、指で触れるだけで操作できるので、息子も一歳のころから、自分ひとりで写真を見たり撮ったりできる。まさにユニバーサルデザインだ。

中でも会話型AI「Siri（シリ）」がお気に入り。ボタンを押して話しかけると、スマホに内蔵されたAIが答えてくれ、情報を調べたり天気を教えてくれたりするのだ。まだ言葉の喋れないうちから「あー」と話しかけては「すみません、よく分かりません」、「ママ」といっては「あなたのお母さんが誰か分かりません」と返答されて、キャッキャと喜んでいた。

たしか、さっきもヤイヤイ騒いでいたなあ。画面を覗くと、でたらめに放たれた息子の声は「永遠」と認識されており、Siriは、永遠とはなにかについて辞書を引いて教えていた。「永遠とは、物事の変化を認識するための概念である時間に対し、変化しないものの概念で……」。

生まれて一年そこらで、もう永遠について知りたいのか、君は。母が洗濯物を干している間にも、子どもは世界の真実に触れてゆくのだなあ。

えーえんとくちからえーえんとくちから永遠解く力を下さい　笹井宏之

笹井は、平成の歌壇を彗星のごとく駆け抜けた、夭折の歌人だ。ふと、永遠という語がくちびるからこぼれた。私たちは、死を恐れて永遠を求める呪縛から、いつか自由になれるのか。「永遠と口から」「永遠解く力」のダブルミーニングだが、私はさらに「えーえん」が、子どものように泣く声にも見える。

えーえん、えーえん。また、息子の泣き声が聞こえる。〇歳のころは、泣いては抱き、寝るまで抱き、寝たら置き、置いたら泣く、の無限ループだった。慢性寝不足、腕も腰も凝ってバッキバキの満身創痍。もし永遠にこの状態が続くなら、とても耐えられなかっただろう。

でも、子育てには必ず終わりが来る。そう考えれば、つらいあれこれも、少し楽になった。そのうち抱っこをせがむ回数は減り、毎日数時間おきに搾乳して与えた母乳も必要なくなり、手間ひまかかる離乳食の時期も過ぎ去った。

保育園の送り迎えも、小学校に上がれば、子どもたちだけで登校する。今は全然寝てくれない夜もあるけれど、やがて彼が自分の部屋を持つころには、一緒に眠ることもなくなる。このすこやかな寝息を、あと何年、隣で聞けるのだろう。なんだかさびしくなってきた。この時間が、永遠に続けばいいのに。

有限だと気づけば、今をいとおしむ気持ちも湧いてくる。季節も必ずめぐり移ろうものだ。どんなに寒くても、待てばきちんと春は来る。そのことを知っているから、厳しい冬にも耐えられる。楽しみを見出せる。

「赤、やだ！」

信号機が赤だと進めないことを知った息子は、ベビーカーの上でイライラしている。

「青になれ、って念じてごらん。きっと変わるよ」

「青、なれーっ！」

信号がパッと青に変わる。息子の表情もパッと明るくなる。

そう、この世界には永遠などない。赤から青へ、今日から明日へ、常に変化してゆく。だからこそ私たちは希望を抱いて、今を超えてゆけるのだ。

永遠のことを話そう青蜜柑　紗希

求ム、共感力

知人のKさんは、どんな困難も粘り強く解決へ導く、頼りがいのある人だ。しかし、解決への意志が強すぎて、会話が成り立たないことも。たとえば育児の愚痴をこぼしたときのこと。

「いやあ、ずっと子どもを抱いてると、肩凝っちゃって」

「じゃあ、筋肉つけよう!」

「朝もね、早く起こされて、寝不足なんだ」

「昼寝するといいよ」

「息子の夕飯や風呂や寝かしつけしてたら、自分のごはん作ってる時間がないんだよね」

「冷凍うどん常備だね」

いやあ、見事にあざやかな解決策である。しかし、なんだろう、この胸のもやもやは。こうも瞬時に解決策を示されると、私が筋トレや昼寝を実行できていないがゆえに今の大変さがあり、私の愚痴は私自身の至らなさのせい、ということになる。それもまあ真実なのだが、たぶんあのときの私は、ひとこと「大変なんだ」「頑張ってるね」と共感を示してほしかったのだ。我ながら面倒くさいやつだと思うが、ときには解決策より、共感に救われることもある。

ある俳句のパーティー。俳人Tさんと並んでいると、お弟子さんが次から次へ挨拶に来る。

「先生、○○です、今日は鹿児島からやってきました」

「まあ、それは大変でございましたわねえ」

「俳句はなかなか難しいです」

「そうよね、難しいわよねえ。でもあなた頑張ってるわよ」

「はい、俳句は楽しいです」

「そうなのよ、楽しいのよ」

「どうか先生、お元気で」

「あなたもどうかお元気でね」

共感をベースにしたオウム返しの話術だが、脇で聞いていて、なんとも心地よい。なにより会話を終えた人の表情が、満足気で明るいのだ。信頼する師匠に共感を示されることで、理解してもらった喜びが生まれるのだろう。共感力は、人の自己肯定感を高め、幸せにするのだ。

けふからは日本の雁ぞ楽に寝よ　小林一茶

晩秋になると、雁《かり》ははるばる海を越え、北方から日本に渡って来る。寒い冬をあたたかい日本で過ごすのだ。やせ蛙や雀など小さい生き物たちに共感を示した一茶は、飛来した雁にも心を寄せた。死と隣り合わせの海の旅はさぞ大変だったろう、今日から君たちは無事日本に着いたのだから、安心して楽に寝なさい……。やさしい共感力にあふれた一句である。

他者と感情を共有する共感の力は、二歳の息子もすでに持ち合わせているようで、たとえば、朝の工事現場に仕事前のショベルカーがうつむいていると「ぶーぶ、ねんね（＝車が寝ている）」と想像をはたらかせる。夜寝る前に窓の外から、はぐれたように一匹の虫の声が聞こえると「虫さん、ナカマに入りたいっていってる」。さみしげな声音を聞き分けているのだ。先日は、まる二年酷使してきたベビーカーのタイヤが、ついに軋みはじめた。すると息子は「きいきいタイヤ、苦しそう」。タイヤの気持ちになるなんて、なんて共感力が高いの！

母の気持ち、雁の気持ち、タイヤの気持ち。みんなが少しずつ共感を寄せれば、きっと世界はやさしさに満ちてゆく。

水道管は鈴虫を聞いている　紗希

あのころのあさって

ああ、明日は締切だ。早く原稿を仕上げねば。紅茶を淹れてパソコンをひらいて、まずは不動産会社のサイトをクリックする。近年のマンションの高騰について書くわけではない。俳句や子育て、どんな原稿を書くときにも、なぜか必ず、不動産情報を確認してしまうのだ。

昔から家の間取りを眺めるのが好きだったので、日曜の新聞は極上の読み物だった。休日の家族の来訪を期待して、住宅展示場の広告がたくさん載っているのである。小学生の私は、チラシの間取りをひとつひとつ精査しては、私の部屋はここ、本棚やベッドはここ、と想像をめぐらせたものだった。

二十年以上経った今でもその趣味は変わらない。住みかえる予定もないのに、暇さえあれば気に入りの間取りを探して、ここを書斎にしよう、ここにはハンモックを吊りましょう、とうっとりする。素敵な間取りを見つけられたら、なんとなく雑念が成仏して、さて頑張りますか、と仕事に集中できるのだ。

ほら、テスト前になると、なぜか机まわりの掃除をはじめたり、スクラップしておいた新聞記事を整理したりという経験、ないだろうか。目の前のやるべき仕事からとりあえず逃げ、あえて時間を浪費する。ぎりぎりまで自分を追い詰め、逃げ道を断ち、逆説的に、ことにのぞむ気合を育てるのである。

この、テスト前に掃除に励む現象には、名前がついているらしい。セルフ・ハンディキャッピング。わざと自分に不利な状況を作り出し、失敗したときの言い訳にしようとする、一種の逃避行為なのだという。

そういえば晩秋、卒業論文に行き詰まった私は、暗いワンルームでパソコンゲームに没頭していたなあ。恐竜の卵を順番に割ってゆく、単純なゲーム。たくさん割ると、コンボ、コンボ、スーパーコンボ！　と褒めてくれた。あのとき、どれだけの恐竜の卵と、私の貴重な青春の時間を無駄にしたことだろう。

高校時代に出会った俳句も、ときには逃避先の一つになった。苦手な数学の時間にはノートの端に俳句を書きつけたし、補習がいやな朝は、河原で空を仰いで季節を感じていた。脳内を俳句モードに切り替え、雲の白さを見つめていると、日々の悩みが小さく思えて、心を立て直せたっけ。

高校三年生、大学受験を控えた秋の終わりに、クラスの友人と、突如アカペラの練習をはじめたこともあった。選んだ曲はSMAP「夜空ノムコウ」（作詞・スガシカ

オ　作曲・川村結花)。
「あれからぼくたちは　何かを信じてこれたかなぁ…　夜空のむこうには　明日がもう待っている」

勉強の合間、屋上へゆく階段の踊り場で、声を重ねて歌った。でもあれは、逃避とも少し違っていたような。砂時計の砂が、落ちきる前にきらりと日差しに光るように、きっと高校生活の最後のひとしずくを、味わいつくそうとしていたのだ。

平成の終わる今、SMAPは解散して、私は母になって、あのころのあさってを生きている。メンバーだったA子からは、最近家を買ったと連絡があった。どんな間取りなんだろう。この世界にあふれる膨大な間取りの中から、たった一つを選び取るなんて！　でも、それが、大人になるということなのだ。

原稿を書き終え、子どもの寝息をたしかめる。すう、すう。ふと夜空を見たくなって、窓をそっと開けると、冬の風のにおいがした。

第三章

負けてもいいよ私が蜜柑むいてあげる

——冬

逢いたかったよ

朝、となりで目覚めた二歳の息子が、枕に頰を載せたまま、「逢いたかった？」と聞いてきた。なんだかとても永いこと、逢えなかったみたいな言いぶりで。昨夜も一緒に寝たじゃないか。でも、よく考えてみれば、自分が眠りについているときは意識がないのだから、どれだけ時間が経ったかなんて、確かめようがないのだよなあ。

「うん、逢いたかったよ。いっぱい、いっぱい、逢いたかった」

そうほほ笑みかけると、本当に百年待っていたような気持ちになった。彼は、私の目を見つめて、満足そうに笑った。

そういえば、出産してから夢を見なくなった。夜九時、息子とともに寝落ちすると、朝五時に目覚めるまで、ほぼ時間の感覚がない。そこには、ぽっかりと空白があるだけだ。体が育児の疲労回復に全力を傾けて、夢を見る余裕がないのだろうか。

夢見ざる眠りまつくら神の旅　小川軽舟

夢を見ない眠りというのは、まっくらな闇そのものだと、真実をずばりつかんだ。「神の旅」は初冬の季語。陰暦十月、まさに今ごろ、八百万《やおよろず》の神が出雲大社へ集まる旅を指す。人間が眠りの暗闇をさまよっている間、神々は夜空を悠々と飛んでゆくのだとしたら。目に見えない神さまの存在が、眠りという無意識の世界への畏怖を駆り立てる。

かつては、夢を見ない夜はなかった。屋根まで水に浸かった街の中、電信柱を伝って学校まで泳ぐ夢。水戸黄門が通りがかって、うちの畑の蜜柑を食べたいと印籠を出す夢。大学時代の下宿の部屋に、今でもあのころの荷物が残されている夢。フロイトもため息をつくような、とるに足らない内容ばかりだが、現実とは別のもう一つの世界に住まう時間は、二人分の人生を生きているような充足感があった。もう一生分の夢を見尽くしてしまったのかもしれないと思うと、少し残念だ。

その代わり、眠る息子を観察していると、ときおり寝言をつぶやくので面白い。

「キリン、おいで、こっちだよ」

あら、かわいい。動物とたわむれている夢を見ているのだ。

「うふふ、やーだ、おひげ」

じいじの夢だろう。ヒゲをじょりじょり触るのが好きなのだ。先日は目覚めたとたんに「おうち、やだあ!」と怒り出した。「アシカ乗るぅ!」。どうやら、夢でアシカと遊んでいたらしい。広々とした海から、いきなりまっくらな寝室へと世界が切り替わったら、そりゃがっかりだろう。

息子を妊娠して数か月したころ、はじめての胎動を感じた。想定していたより数倍弱いそのうごめきは、稚鮎やどじょうのふるえのよう。そのうちぷくりぷくりと、蛙の喉のふくらみのような弾力が出てきて、徐々に小鳥の羽ばたきに似てきた。おなかが大きくせり出したころには、哺乳類らしく、足で蹴ったり、手をもぞもぞさせたり。なんだか猛スピードで、生命の進化をなぞっているようだった。

なんでも胎児は二十分おきに、眠りと目覚めを繰り返すらしい。もしかしたら、胎内では外の世界とは別の速さの時間が流れていて、一日がものすごい速さで過ぎ去っているのかも。

いくたびの眠りをくり返し、はるかな時間を旅して、君はこの世界にたどり着いたんだね。そう、私は君に逢えるのを待っていた。ずっとずっと、待っていた。

星の香の柚子を捥ぐ逢いたかったよ　紗希

私の働き方改革

実家に帰るとアルバムをめくりたくなるのはなぜだろう。幼いころの写真を見ては、父さん若いね、母さんきれいだね、なんていいながら、ひとしきり昔話に花を咲かせる。そんなアルバムにはおりおり、旅のしおりがはさまれている。父の作成した、家族旅行の旅程表だ。

小さいころから、家族で一泊以上の旅に出るとき、父は必ず旅程表を作った。車に乗って、母と私と弟にそれぞれ一部ずつ配付するところから旅がはじまる。ワープロで作っていたのだろう、出張などで用意する形式の、仕事みたいな旅程表だったが、私はそのモノクロの文字を見ながら、これからの道程に胸をはずませたものだった。何時に家を出るか、どこのサービスエリアで休憩するか、そこには塩味のソフトクリームがあって、フェリーは何時出発で……宿泊先から帰りのランチの店まで綿密に調べられており、立ち寄る場所ごとに電話番号と住所まで記載されている。誰かがはぐれても、この一枚があれば、きっと合流できる。家族旅行にここまでするかというくらい、完璧な旅程表だ。インターネットもなかった時代、父は仕事から帰った夜に、こつこつ予定を組んでくれたのだろう。本棚には、付箋がいっぱい貼られた旅行雑誌が何冊も並んでいた。

この完璧主義は、私にもしっかり受け継がれた。友人と旅をするときには、リサーチを入念に行う。旅館のホームページやクチコミを丹念に比較して、乗る電車やバスを調べて、父のように旅程表を仕上げてゆく。完璧に組み上げられたスケジュールを眺めると、なんとも気持ちがいい。この旅は必ず成功するぞ。出かける前から、にやにやと満足する私なのである。

ところが、この私の計画グセは、旅行にとどまらないので少しやっかいだ。日常のスケジュールもまた、きっちり組みたくなるのである。大学への出講や句会、打ち合わせから友人とのランチまで、場所と時間を考慮しながら、ていねいに組み合わせてゆく。積み上げたスケジュールを、ひとつずつこなしてゆくと、テトリスのバーが消えていくようで、快感なのだ。明日の予定も、ばっちり。手帳を確認し、やすらかな眠りにつく。

いや、予定どおりに進んでいるときはいい。びっしりスケジュールの問題は、予測不能の事態が起きたときである。ことに出産後は、子どもが体調を崩して仕事を休む場合も出てきた。その仕事を別日にまわすと、今度は別の予定に支障が……。

そこでようやく、私も働き方改革に乗り出した。当たり前のことだが、予定にないことを、予定することにしたのだ。子どもが熱を出したら、私と夫のどちらかが休めるように、日程を組む。私自身の仕事量も減らして、予定のない日をもう少し増やす。産休も育休もゼロ、福利厚生のないフリーの身は大変だが、自分の時間の使い方を自分で決められるのは、やはり自由でいい。時間が余れば、雲をながめて俳句を詠めばいいのだ。

我が生は淋しからずや日記買ふ　高浜虚子

来年のスケジュール帳が店頭に並びはじめた。新しい年へ日記を買い替える営みも、冬の季語になっている。書店で買った手帳をひらくと、まだ真っ白。ここからどんな予定を組んでゆこうかしら……。はっ、いかんいかん。うずうずしてきた計画グセを、深呼吸して落ち着かせる。予定のない余白は、淋しい白ではない。訪れる未来を待ち、受け入れる白なのだ。

日記買う夜空は常に新しく　紗希

きっと、ダイジョブ

二歳の息子の前で一度だけ、ぽろぽろと涙をこぼしたことがある。「どしたの？おなかイタイの？」はじめて見る母の涙にきょとんとした表情の息子。「悲しいことがあったから、泣いちゃった」と答えると、顔をぐっと近づけてきて、自分の涙を拭うときのように、手の甲でグイッと私の涙を拭いた。そして「なみだ、悲しい、なくなったよ。拭いたから、もうダイジョブ！」とにっこり笑った。

どうやら、涙を拭けば、悲しみもなくなると思っているようだ。たしかに、傷なら血が止まれば大丈夫だし、風邪なら鼻水が出なくなればひと安心である。でも涙ばかりは、出なくてもダイジョブじゃないことがある。もしも悲しみが、拭いさえすればなくなる物理的なものだとしたら、どんなにか楽だろう。

でも、実際のところ、涙にはストレス物質を排出したり、心をリラックスさせたりする力もあるらしい。だから、涙といっしょに、もちろんぜんぶとはいわないけれど、悲しみが少しだけ外に出てくれるということも、あるのかもしれない。

そういえば十代のころ、悲しい夜には、あえてバッドエンドの物語を摂取して、一人で泣いていたなあ。主人公の恋人が若くして亡くなる小説とか、国家に立ち向かいながら友人に裏切られて非業の死を遂げる映画とか。流した涙は自分の悲しみのせいではなく、物語の感動によるものだ……そうすりかえることで、弱い自分を隠していたのだろうか。

「涙など見せない　強気なあなたを　そんなに悲しませた人は　誰なの？」（「元気を出して」作詞作曲・竹内まりや）

二十年来くちずさんでいる、マイ応援歌だ。残念ながら、この歌詞のとおり、涙など見せない強気な私なので、悲しくてもなかなか弱いところが見せられず、なぐさめてもらえる機会を失ってしまう。だから結局、歌の力を借りて、自分で自分をはげますしかないのである。

以前、雑談をしていたら、そこにいる全員が長女ということがあった。「人に頼るの、苦手」「任せるくらいなら自分でやっちゃう」「君は一人でも生きていけるでしょってフラれる」。ひとしきり、長女あるあるで盛り上がる。もしかして、泣くのが苦手なのも、長女だから？　いやいや、属性のせいにしてはいけない。ときには自分の弱みを見せる強さも培わなくては。

病床の正岡子規が、親友・夏目漱石へ送った手紙に、涙もろくなったことを告白した一通がある。「君ガ上京シテ、僕ノ内へ来テ顔ヲ合セタラ、ナドゝ考ヘタトキニ泪ガ出ル」「僕ノ愚痴ヲ聞クダケマジメニ聞テ後デ善イ加減ニ笑ツテクレルノハ君」。おのれの弱さをさらけ出せるのも、子規の強さだ。その人柄に惹かれた仲間たちによって、彼の病床は、常ににぎやかだった。

とはいえ、性格というのは、一朝一夕に変えられるものでもない。仕事を終えて、保育園に迎えに行って。心の沈む夕暮れには、あの歌をくちずさむ。ベビーカーを押しているときなら、少し涙ぐんでしまっても、息子に見られることもない。すれ違う人が、ちょっと変な顔をするくらいだ。帰ったら笑顔で夕飯を作らないといけないし。

吹きつけてくる木枯に、涙がつめたく乾いてゆく。さあ、私よ、元気を出して！きっと、ダイジョブ。

もう泣かない電気毛布は裏切らない　紗希

負けてもいいよ

車で町を走ったときのこと。チャイルドシートの息子が「だめぇ！」と何かに怒っている。

「さき、行っちゃ、ダメ！」

どうやら、他の車に追い越されることに腹を立てているらしい。親譲りの無鉄砲なのは夏目漱石の小説『坊っちゃん』の主人公だが、うちの息子も二歳にして、母の負けず嫌いをしっかり受け継いでいるようだ。

私も小学生のころは、冬になってもできるかぎり半袖で通学していた。クラスの男子と、誰が最後まで寒さに耐えられるか競争していたのだ。結局どちらが勝ったのか覚えていないが、風邪を引いた記憶はない。

一般的には、負けず嫌いというと、どんな困難にもガッツを燃やし立ち向かってゆくというイメージがあるかもしれない。しかし真の負けず嫌いというのは、本当に負けたくないので、負けそうな勝負は、はじめからしないのである。

おままごとでも、競争率の高いお母さん役は選ばず、先にお姉さん役をゲットしておく子どもだった。ひな祭りのお遊戯では、おひなさまや三人官女になりたくて揉める子たちを横目に、率先して藤娘に立候補した。他をしりぞけてまでひな壇のてっぺんに座りたいわけでもなかったし、闘争に敗れワンオブゼムになるよりは、自分なりに満足するポジションを確保しておくほうが、リスクが小さいと考えた。「勝つ」よりも「負けない」ことを優先したのである。

痩蛙まけるな一茶是に有　小林一茶

家族にも社会的成功にも恵まれず、負けてばかりの己の姿をあわれな蛙に重ねた一茶。彼も「負けるな」と誰かに励ましてほしかっただろうか。俺が応援しているぞ。ここで一茶は「勝て」とはいっていない。「負けるな」、引き分けでもいいのだ。

しかしながら、子どもを産んでからの二年間を振り返ると、負けてはならぬという焦燥にかられ、突っ走ってきた気もする。「育児を理由に仕事を断ったら、これだから女はって思われるかも」「みんな頑張ってるんだから、私ももう少し頑張れるはず」。原稿依頼も大学の非常勤も、断れば次はないかもしれない。負けるな、負けるなと念じながら、臨月ぎりぎりまで教壇に立ち、産後三か月で復帰。仕事中にも乳房は張って痛くなるので、休憩中に職場のトイレで搾乳機を使った。暗い個室で母乳を絞り捨てるとき、ふと疑問がよぎる。負けるなっていうけれど、私は誰と戦っているの？最近、息子は、他の車に追い越されても、怒らなくなった。「みんな、行っていいよ」。仏のほほ笑みで、車を見送る。さらには、こんなことも。

「はっけよーい、のこった！」

息子と相撲をとる夕べ。

「わー、負けたぁ！」

私が転げてみせると、息子は私の横にわざと自分もこけ、にっこりしてこう言った。

「ふたりとも、負けたネ！」

母だけが負けの憂き目を見ないよう、一緒に負けてくれたのだ。その瞬間、心の底に凝り固まった「負けるな」が、すぅっと溶けてゆく。ほんとうだ、「負けてもいいよ」のほうが、もっとずっと、やさしいね。

負けず嫌いはいったん封印。今はとりあえず、ゆっくり行こう。冬空の下を、君の手を引いて歩く。忘れていた自分の歩幅を、思い出しながら。

負けてもいいよ私が蜜柑むいてあげる　紗希

ギンコウといえば？

「ちょっと、ギンコウに行ってくるね」。家族にこういわれたら、普通の人は「銀行」だと思うだろう。しかし、夫も私も俳句を作る我が家では、ギンコウといえば「吟行」を意味する。

俳句には吟行という文化がある。その名のとおり、吟じに行く、つまり俳句を詠むためにあちこち出かけることだ。ふらりと近所を歩く気軽なものから、名所旧跡を訪れたり景色のいいところへ旅したりする本格的なものまで、レベルはさまざま。そもそも、芭蕉の奥の細道の旅からして、みちのくの歌枕をめぐる、まさに吟行なのだ。

先日の句会では、欠席の人の俳句が、FAXで、なんと世界一周の船の上から届いた。詠まれていたのは、薔薇のエステ、寄港の異国、満天の星空。俳句が旅の目的というわけではないのだろうけれど、特別な吟行の成果をおすそ分けしてもらった気分で、みんなでうっとりしたのだった。

テレビや雑誌の企画で俳句を取り上げたいと相談のある場合、先方はたいてい、お寺や庭園で吟行するプランを提示してくる。俳句と行楽をかけ合わせれば、そのぶん魅力的なコンテンツになるということなのだろう。しかし、名所旧跡で面白い俳句を詠むのは存外難しい。その場所のイメージがすでに固定されているので、観光パンフレットのような句しかできないのだ。本当は、カフェのテラス席やデパ地下のお惣菜売り場のほうが、吟行には向いている。いきいきとした季節を、自分の視点で切り取ることができるから。

私の気に入りの吟行先は、動物園だ。俳句に詠む素材のことを句材というが、さまざまな個性を備えている彼らは、私にとって魅力的な句材である。とはいえ、実際にサバンナまでキリンやライオンに会いにゆく吟行は難しいので、おりおり動物園に通っては、彼らを見つめる。

食べて寝ていつか死ぬ象冬青空　紗希

これは東京・上野動物園での作。仲間と吟行に来たものの、おなかが痛くなってどうにも動けない。しょうがないので、園に入ってすぐのゾウの前のベンチに座り、寒空の下、みんなが戻ってくるのを待っていた。ゾウはその間、リンゴやキャベツを、次々に口に放りこむ。あんた、よく食べるねえ。あたしゃおなかが弱いんで、たぶん死因は胃腸の病気になるね。でも、あんたもあたしも、理由はどうあれ、みんないつかはおさらばだからさ。勝手にゾウに語りかけながら、思いがなんとなく五七五へとかたまってゆく。

幼いころ、地元・愛媛の郊外に、とべ動物園が開園した。休みの日にはよく家族で出かけたものだ。園は檻を控えて自然を再現するパノラマ展示に力を入れていて、ライオンやトラなどの猛獣も、飛び越えられない堀のあちらに、ごろんと寝そべっている。もちろん自然の大地に比べたら狭くて窮屈だけど、青空の下で風になびくたてがみには、自由の匂いが残っていた。

そんなとべ動物園も、開園三十周年。「どーぶちぇん!」二歳の息子は帰省するたび、祖父となった私の父と動物園へ行くのを楽しみにしている。先日は、ピューマの赤ちゃんがお披露目されていた。ピンと耳を立て、うちの子よりずっと賢そう。

動物園には死があり、そして生がある。人間も、また。堀を挟んであちらとこちら、仰げば同じ青空が広がる。

ライオンの子にはじめての雪降れり　紗希

めんどりか海豹か

いよいよ寒くなってきた。こう冷え込んでくると、常に着膨れ状態で生活することを余儀なくされる。おしゃれという文化的な概念は、寒さに対する生存欲求の前に、もろくも崩れ去るのである。

特に、家の中では人目を憚らないので、ここぞとばかり着膨れている。ユニクロのヒートテックインナーを着て、ウールのセーターを被り、その上にちゃんちゃんこを羽織る。もこもこの靴下の上から、冬用の、これまたもこもこのスリッパを履く。それでも足りなければ、厚手のブランケットを、ぐるぐる腰に巻きつける。そんな格好で鏡の前に立つと、我ながらちょっと恥ずかしい。ウルトラマンに出てくる怪獣みたいだ。しかし、背に腹は代えられない。

もちろん、部屋に暖房はついているが、電気代も浮かせたい。そこで極力、部屋を暖めるよりも、自分の体を防御する方向で、防寒につとめているわけだ。

しかし、暖かい部屋で寒さを感じずに暮らすというのは、理想ではある。冬になるとボディクリームのCMが増えるが、ここに出てくる人たちは、ノースリーブに短パン、素足で部屋の中を歩き回っている。ベッドの宣伝ポスターでは、シルクの肌着をつけたブロンド女性が、マグカップのコーヒーを飲みながら、シーツにくるまっていたりする。そんな映像を見ると、ふと疑問が湧いてくる。もしや世の中の人たちは、実際に、こんなにスタイリッシュに冬を過ごしているのではなかろうか？　家でも着膨れなんて私だけで、町ですれ違う人たちみんな、部屋ではおしゃれな薄着生活を楽しんでいるんじゃないか？

着膨れてなんだかめんどりの気分　正木ゆう子
着膨れて海豹の貌してゐたる　長谷川櫂

そんな「着膨れ」も冬の季語の一つ。ちょっと情けない気分を表すのに効果的だ。右の二句は、着膨れた状態を動物にたとえている。めんどりだとちょこちょこ歩く可愛らしさが、海豹《あざらし》だと手も足も出ない不自由さが際立つだろう。日常の中にこそ、俳句の種が隠れている。さて、あなたなら、鏡の前の着膨れた自分を、どんな動物にたとえるだろうか。

葱買うて

私たちは毎年、春夏秋冬という四つの季節を体験している。ということは、少なくとも年に四回、大きな季節の変わり目を迎えている計算になる。衣替えをして、旬の食べ物を味わって。人生は結構、めまぐるしく変化しているものなのだなあ。

私が季節の移ろいを感じるのは、駅からの帰り道だ。家に着く手前に、二十段ほどの小さな石段がある。毎日その石段を登って帰るのだが、季節によって、見える景色が大きく違ってくる。石段の両脇には大きな二本の木が立っていて、春夏秋冬、全く違う表情を見せてくれるのだ。春にはさみどりの柔らかい葉をつけ、夏にはこんもりと大きな木陰を作ってくれる。秋には石段にたくさんの団栗《どんぐり》が散らばり、子どもたちが嬉しそうに拾う。そして今、冬の景色は少しさみしい。

二本の木は葉を落として、枯木となっている。夏には鬱蒼として奥の見えなかった石段の帰り道も、登った先までよく見通せるようになった。でもその分、太陽の光が石段を照らして、一本の川のように輝いて見えるのを、いつも美しいと思う。

葱買うて枯木の中を帰りけり　与謝蕪村

葱《ねぎ》のはみ出したレジ袋を提げ、石段を登っていると、ふと蕪村の句を思い出したりする。この句、今の私の姿と同じじゃないか。三百年前の蕪村と同じ気持ちを味わっているかもしれないと思うと、木枯に吹かれながらも、楽しい気持ちになる。蕪村も、家に着いて、あったかい葱料理を食べただろうか。

もちろん、当時と現代では、風俗も感覚も、大きく変わっている。たとえば、家電の発達で家庭の景色が変わった。そのことで、寒さを防ぐための「炭」「炉」「屏風」といった冬の季語は、現実的に姿を消しつつある。

それでもまだ、春夏秋冬という大きな季節の変わり目は、私たちの心を大きく動かす。その季節感覚を軸に、私たちは、はるか昔の蕪村とも、心を通わせることができる。そんな風に過去の人々と肩を並べて俳句を読むとき、人間という生きものが、とても親しく、あたたかいものとして感じられるのだ。

粉雪の記憶

ふるさと愛媛にある俳句関係の事務所を訪れたとき、なつかしい声に呼びとめられた。

「あれ、神野さん？」

ふりかえると、ころんとした丸顔に、にっこり目を細め、男の人が立っている。

「え、石田先生？　どうしてここに？」おどろく私に、先生は「今ね、小学三年生のクラスで、写真と俳句をくみあわせた授業をつくりよって、打ち合わせに来たんよ」とにこにこ。「神野さん、変わらんなあ」、いえいえ先生こそ、二十年前と変わらない笑顔です。石田先生は、私の小学五、六年の担任の先生だ。山の小さな学校から異動してきた先生は、あのころまだ二十代の青年だったはずだが、その太陽のような笑顔は、クラスのみんなを明るく照らした。

先生をひとことであらわすと、ずばり「自由」だった。たとえば、朝の会で歌う、毎月の曲の選びかた。それまでは、文部省唱歌など、クラシックな歌を選ぶのが暗黙の了解だったが、先生は選曲を私たちに任せた。「歌いたい曲を歌っていいけん、ちゃんとみんなで決めるんよ」。推薦や投票により、SMAPや安室奈美恵など、はやりの曲が選ばれた。自分たちで決めた、自分たちの歌いたい曲。みんな毎日、大きな声で、元気に歌った。先生は、私たちの自主性をうながすことで、なかば習慣化していた歌の時間の、本来の楽しさを引き出したのだ。

「先生な、むかし、ごみ収集車の人になりたかったんよ」と語ってくれたこともあった。「ごみを集めながら、車の横にぶらさがって移動するやん？　あれ、かっこいいなあと思って」。たいへんな仕事だと思っていたが、いわれてみれば、さっそうと去ってゆくおじさんは、無口でかっこいい気がしてきた。先生の、自由でとらわれない考え方は、おりおり、私たちの世界の見方を変えた。

めずらしく雪が降ったら、授業中でも「よし、グラウンドに出るぞ！」。たしかに、あたたかい松山はほとんど雪が降らないので、授業が終わるのを待っていたら、すぐにやんでしまう。とはいえ、授業を中断する自由な先生は、他にはいなかった。めいめいにかけ出し、うっすらとグラウンドを白くする雪をかきあつめて、たっぷり土のついた雪玉をつくる。私たちの即席雪合戦の声は、つぎつぎに冬の青空に吸い込まれた。あとで他のクラスの先生に、秩序を乱しては困ります、と怒られたといううわさも立ったが、先生はにこにこしていた。

いくたびも雪の深さを尋ねけり　正岡子規

子規が晩年、起き上がれない病床で詠んだ一句だ。雪の少ない松山で生まれ育った子規さんらしい。雪明かりにそわそわしながら、いまどのくらい積もっとる？　と家族に聞く気持ち、よくわかる。これが、雪国・長野で生まれ育った一茶なら、こうはいかない。

是がまあつひの栖か雪五尺　小林一茶

目の前のこのあばら家が、私の一生を終える最後の栖《すみか》なのだなあ……五尺とは約百五十センチ。大人の身長ほども積もる雪を前に、人生のあきらめをかみしめる。

俳句を作ったり読んだりするために大切なのは、季語の記憶だ。桜の記憶、プールの記憶、どんぐりの記憶、雪の記憶……。ゆたかな季語の思い出が、その人の言葉の土壌をゆたかにする。「雪」という季語ひとつとっても、その言葉から想像する雪は、人それぞれだ。百人いれば、百人の雪がある。子規の雪、一茶の雪、私の雪。

先生が連れ出してくれた、あの午後の粉雪は、私の雪の記憶となり、私の創作を支えている。歳時記をめくり、雪という季語と出会うとき、ふと、あのグラウンドであおいだ青空を思い出すのだ。

スノードームのサンタ

寒いので、何かあったかいものが飲みたいと思い、近くのコーヒーショップに立ち寄る。メニューにずらりと並ぶカタカナの名前に圧倒されて、どれにしようか選びあぐねていると、「おすすめは、クリスマス・キャラメルエクレール・ラテです」と店員さん。そこで、あ、そうか、もうすぐクリスマスなんだ、と気づく。

そういえば、店内のBGMではクリスマスソングが流れているし、壁際には、ツリーやリースがしつらえてある。そんなクリスマスムードいっぱいの店内にいると、外の景色や人の表情も、なんとなくそれらしく見えてくる。木や花はしずかに雪を待っているみたいだし、人々も、うきうきと楽しそうだ。

そのうち、自分の心の中にも、クリスマスを楽しみに待つ気持ちが芽生えていることに気づく。店に入るまでは、全然念頭になかったのに、げんきんなものだ。人間の心は、案外、まわりの状況に影響され、カスタマイズされているものなのかもしれない。

沖へ出てゆく船の灯も聖夜の灯　遠藤若狭男

街角のイルミネーションや、ケーキの蠟燭の灯だけでなく、沖さす船の灯も、聖夜の灯のひとつであるとみなした。船の航行はどこか、キリストの誕生にかけつけた東方の三賢人の旅を思わせて、荘厳さも伴う。どの季節にもある港の風景も、クリスマスにはクリスマスらしく見えると、作者も感じていたのだろう。

帰り道、街のクリスマスムードに感化されたせいか、駅に併設された小さな雑貨店で、サンタクロースのスノードームが目にとまった。それは十センチくらいの小さな丈で、土台には抽斗がついていた。他のスノードームのサンタは、トナカイや子どもたちを連れてにぎやかな風情だが、このサンタはひとりきりで、雪降る荒野に立っている。しかも、橇《そり》もなく、手に、なぜか靴下を提げているだけ。途方にくれている表情がなんとも切なくて、私は思わず買って帰った。

卓に置いたスノードームを、ひっくり返しては雪を降らせる。硝子の中に閉じ込められて、永遠に雪の中で靴下を提げているサンタさん。まるで、初めて雪を見たような表情をしている。

映画とポップコーン

映画館に行くと、ポップコーンが食べたくなる。

子どもの頃、見上げる高さの硝子ケースの中に、てっぺんまで積み上げられたポップコーンを、憧れのまなざしで見ていた。注文が入ると、大きなスコップで、袋に移されるポップコーン。それでも、硝子の中のお菓子は、全く減る気配がなかった。今思い返してみれば、永遠的なものの象徴だと思っていたのかもしれない。

大人になって、一人で映画館に行くようになってからは、ポップコーンを携えて観るのが習慣になった。そんなにポップコーンが好きなら、普段から買って食べればいいのだが、実際には、別段好きなお菓子でもない。

よく考えてみると、日常生活の中でポップコーンが食べたくなる局面は、正直、映画を観に行ったとき以外にはない。なのになぜか、映画館に行くと、ポップコーン・タワーの前にいそいそと立ってしまうのだ。もはや、パブロフの犬状態である。そのうち、ポップコーンを見ただけで、映画が観たい気分になるという逆転現象が起こるかもしれない。

そもそもなぜ、映画館でポップコーンを食べる習慣が広まったのだろうか。一説には、ポテトチップスなどに比べて、食べても音が立ちにくいからといわれている。でも、ポップコーンも、気にせずにさくさく食べると、結構いい音がしてしまうものだ。ポップコーンは食べたいが、ポップコーンなしで映画を観ている人に、できるだけ迷惑をかけたくはない。

そこで私は、映画館でポップコーンを食べるとき、ある決め事をしている。それは、映画が無音のときには食べないということだ。トラックが衝突したり、大爆発が起こったり、主人公が喧嘩したりしているときに、すかさず口に入れるのである。そうすると、袋から取り出す音も、さくさくと噛み砕く音も、映画の音にまぎれてくれる。

そこまで気にするなら食べなければいいのだが、何も持たずに映画を観ていると、どうも肩が凝っていけない。もはやポップコーンなしでは、落ち着いて映画が観られないのである。これでは、映画を観に行っているのか、ポップコーンを食べに行っているのか、分からない。

永遠とポップコーンと冬銀河　紗希

タブーの快楽

タブーというのは、なぜか魅惑的である。日本の童話でも、「浦島太郎」しかり、「鶴の恩返し」しかり。してはダメだと禁止されると、したくなるのが人の性なのだ。

このタブーの侵犯、いくら魅惑的だといっても、玉手箱を開けて老いてしまうような深刻な事態に陥ると困る。しかし、私たちの日常には、もっと気楽なタブーを犯す楽しみも、存在するのである。

たとえば冬に、コタツに入って、アイスクリームを食べること。暖房の整っていなかった昔は、寒くて寒くて、そんなこと思いつかなかっただろう。そう考えると、後ろめたいことをしているという罪悪感とともに、贅沢をしているという甘美な喜びもやってくる。アイスクリームが食べられるくらい暖かいなら、その分暖房を抑えるべきなのだが、なぜかやめられない。ここにも、タブーの侵犯の快楽が潜んでいるからなのか。冷凍庫にしまっておいたとっておきのアイスをしゃりしゃりと食べると、暖房でぼーっとしていた頭がしゃきっと覚めて、気持ちがいい。

友人は、逆に夏の暑い夜、がんがんにクーラーをきかせて、厚い布団を被って寝るのが、暖かくて最高なのだと話していた。これも、あるべき自然の姿からは逆行しているが、分からないでもない。

学校給食のパンもそうだ。給食の時間にはそれほどだと思わないのに、放課後の帰り道で食べると、なぜかとっても美味しかった。道ばたでものを食べるのは禁止されていたからこそ、より美味しく感じたのだろうか。

新宿や銀座では、日曜日の昼間、歩行者天国が現れる。普段は車の走っている道路の真ん中を、クレープを食べながら歩くと、なんだかとても気分がいい。これも、たわいないが、タブーの侵犯の快楽の一種に加えてみたい。

そういえば、私の俳句の先生も、後ろめたさの楽しみを打ち明けてくれたことがあった。「今日は何もしなくていい日だと思うとね、一日中、お気に入りのパジャマ姿のままでいるの。よくないな、とは思うんだけど、たまにはいいかな、って」。

彼女は七十代。冬にアイスクリームを食べることもあるだろうか。

逆境に強くなる

俳句をしていると、年長の人と席を同じくする機会が多い。それも、干支のひとまわりふたまわりどころではなく、みまわりよまわり（と言うのだろうか）も年が離れている。それ以上に驚くのは、彼らと年齢差を全く感じないことだ。祖父や祖母よりも年上の人たちが、とにかくタフでクレバー。体も、頭も、すこぶる元気なのだ。

たとえば、屋外を散策しながら俳句を作る、吟行句会の日。ものすごい大雨なので、さすがに延期だろうと思いながらも、念のため、集合場所に行ってみた。すると、会のメンバーはすでに、万全の態勢で雨の中を待っている。「さあ、いきましょう、時間ですよ」。みなさん、もう七十歳を軽く超えているのに、すごいバイタリティだ。素直に驚きを告げると「何言ってるのよ、あなただってちゃんと集合場所に来たじゃない。十分、俳人の素質あるわよ」と背中を叩かれた。

どこかで、詩人、歌人、俳人の平均寿命を比較した文章を読んだ。その結果では、圧倒的に俳人が長生きらしい。吟行句会のように、体を使って俳句の素材を探し、頭を使って俳句を作る総合性が、長生きの秘訣なのか。

　俳人が長生きする理由は、あるいはこういうことかもしれない。俳句は字数がとても短いから、辛いとか、かなしいとか、感情をつらつらと述べることができない。だから、自然とくよくよせず諦めのつきやすい性格になり、悩みによって寿命を縮めることがない……。事実、私の周辺には元気な俳人が多い。みな明るくて、さっぱりとした性格だ。

　私はといえば、年の瀬、風邪をひいてしまったみたいだ。熱はぐんぐんあがり、喉には木枯のようにがらがらと空気が吹きぬけ、体は鉛のように重い。そんな状況でも、私はこう考える。「ああ、風邪って、冬の季語だったなあ」「せっかく風邪になったんだから、一句くらい、実感のこもった句を作らなきゃ」。どうやら、俳句をやっていると、逆境に強くなるらしい。渾身の一句を考えているうちに、けろっと治ってしまった。

本棚の本にまぎれて風邪薬　紗希

ハサミの雪

いま、窓の外に、雪が降っている。東京は今晩、積もるらしい。嬉しくなって外を歩くと、あたりはすでに白く、雪つぶてが作れるほどだ。数軒先には、その家の子が作ったらしい小さな雪だるまが、玄関の前に小首を傾げていたりする。二十歳を過ぎた私でも、雪が降ると心が浮き立つのだから、子どもにとってはいかばかりだろう。テレビでは、気象予報士が「夜から未明にかけて、都心でも三センチから五センチの積雪があるでしょう」と説明する。隣のアナウンサーが「お帰りは気をつけて」なんて言う。

そんな雪の夜のおきまりのやりとりを見ていると、まるで自分がドラマか映画のワンシーンにいるような、不思議な気分になる。ドラマや映画では、テレビでこういうやりとりがある夜に、いろいろな事件が起こるものだ。平凡な私には、きっとやっぱり何も起きないが、雪の夜というのは、世の中のすべてのひとに何か特別なことが訪れる資格があるようで、その許されたような雰囲気が好きだ。

『シザーハンズ』という映画にも、雪にまつわるシーンがある。

物語は雪の夜、少女が祖母に「なぜ雪は降るの？」と尋ねるところから始まる。祖母は笑って「それに答えるには、手がハサミの男の話をしないとね」と語り始める。

主人公は、部品が足りなくなったのでハサミを両手としてつけられた人造人間・エドワード。不憫に思った化粧品売りが彼を自宅に連れ帰ったので、平和なアメリカ郊外の日常にさまざまな事件が起こる。

物語の中で、彼がそのハサミを使って大きな氷塊を彫り、天使像を作ったことがあった。庭には氷片が降り注ぎ、まるで雪が降っているよう。ほのかに彼と思いを交していたキム（これが物語冒頭の祖母）は、とても喜んだのだ。

結局、町を追われ、彼が丘の孤城に戻ってから、それまでは雪の降らなかった町に、毎年雪が降るようになった。きっと、エドワードがキムを喜ばせるために、ハサミで雪を降らせているのだろう、という結末だった。

この映画を観てから、雪が降ると、私もキムみたいに、エドワードのことを思い出す。どこか遠くで、誰かが誰かのために降らせている雪かもしれない。そう思うと、目前の雪が、いよいよ尊く、清らかに感じられてくる。

街角のユウレイ

師走、年の瀬、クリスマス。今年も、あと二週間を切った。人はみな足早にどこかへ急ぐ。

そんなせわしない街頭に、ぼーっと立っているだけの人がいると、つい気になる。別にサンタクロースの格好をしているわけではなく、たいていがニット帽にコートのふつうの人なのだが、誰かと待ち合わせをしている風でもないのだ。

だから、駅の片隅やポストのそばにたたずむその人を、道ゆく人は見向きもしない。私はだんだん、本当にその人はそこにいるんだろうか、と思いはじめる。もしかして、他の人には見えていないのではないかしら。まさか、この世界をさまよっている、ユウレイだったりして。

そもそも、死後の世界のことを私たち生者は誰も知らない。ユウレイも、よく見聞きする、足が消えているとか、三角の布を頭に巻いているとかいった分かりやすい姿をしていてくれれば話は早いが、生きている人と同じ、ニット帽にコートの、案外ふつうの格好をしているかもしれないではないか。

「正常性バイアス」という言葉がある。想定外のことが起きたとき、日常の延長として捉えてしまい、たいしたことはないと過小評価して平穏を保とうとする、心の防衛本能のことだ。「津波もここまでは来ないだろう」「ゾンビみたいな人に噛まれたけど、大丈夫だよね」……。

人間は異常な事態に遭遇しても、ありえないと否定し、つい現実を甘くみてしまう。街角に立つユウレイたち。「まさかまさか、あるわけないでしょ」と打ち消したあと、本当に「あるわけない」の？　と疑い直す。

「おばけなんてないさ　おばけなんてうそさ　ねぼけたひとが　みまちがえたのさ」

（作詞・槇みのり　作曲・峯陽）

息子が生まれてはじめて覚えた童謡だ。おばけを怖いと思う気持ちをユーモラスに歌った曲だが、見間違えたことにして、おばけの存在を否定している。この歌詞もまさに「正常性バイアス」の好例だろう。

死後の景電話ボックス雪に点る　奥坂まや

自分がこの世を去ったあとの風景として、街角に取り残された電話ボックスに、静かに雪が降る暮れ方を思っている。さみしくて荒涼とした風景だ。電話は、ここではないどこかとつながるツール。点《とも》された空っぽの空間でダイヤルを回せば、あちらの世界につながったりして。

そういえば、高く鳴るポプラの風音にハッと立ち止まり、これは俳句になりそうだとポケットに手を入れてぼーっと考えているとき、私もまた、街角のユウレイになっているのだった。世間から少し離れて、ぼんやりと世界を見つめる。イルミネーションの青い光が、静かに視界を満たしてゆく。

文学は主観的なものと思われがちだが、俳句は客観の詩だといわれる。喜びも悲しみも、自分を一歩離れたところから客観視することで、今を生きている視野からは見えない風景を見つめることがかなうのだ。ということは、俳人は俳句を作るとき、多かれ少なかれユウレイ的な存在となり、あの雪の電話ボックスのような、生と死の境界に立っているのかもしれない。

さて、私にとっての死後の景とは。本当の死後には俳句は詠めないので、生きている間に想像をめぐらせておこう。

日は充ちて満開の花園に雪　紗希

白い力こぶ

サンタクロースは季語である。クリスマスは日本人の生活にすっかり溶け込んでいるから当たり前といわれればそうなのだが、歳時記の中で「寒念仏《かんねぶつ》」や「大根焚《だいこたき》」といった日本らしい季語に「サンタクロース」の一語が挟まれている風景は、やはりちょっと面白い。とはいえ、俳句の季語には西洋舶来のものも多く取り入れられていて、夏はゼリーやアマリリス、冬はカーディガンやラグビーと、片仮名の季語もある。ビールなどは役に立つ季語で、宴席で俳人だと名乗ると「ここで一句！」と乞われることがままあるが、そんなときは「今日ここで会えてうれしきビールかな」などと詠んでから「ということで、カンパーイ！」とお茶ならぬビールを濁すようにしている。

もちろん、クリスマス関係の季語はサンタクロースだけではない。ストレートに「クリスマス」もいいし、「聖夜」「降誕祭」などと日本風に言ってもいい。クリスマスケーキは「聖菓」、クリスマスソングは「聖歌」。聖という一字を冠すると、とたんにおごそかな雰囲気になるのは、表意文字である漢字の力だろう。ではクリスマスツリーは？ そう、「聖樹」である。

祖父は私が幼いころ、毎年クリスマスが近づくと、裏山からモミに似た生木を二メートルほど伐ってきて、クリスマスツリーを作ってくれた。当時住んでいた家は、築五十年以上の古い日本家屋。ツリーを据えるのは、仏壇のある十畳ほどの和室の隅だった。まさに和洋折衷である。祖父は他にも、鉄棒やバスケットゴールなど、私たちが遊べるものを庭にいろいろと作ってくれた。自転車の調子が悪いと調整してくれたから、私は高校を卒業するまで、買い替える以外の目的で自転車屋に行ったことがない。祖父の手にかかると、たいていのものは直った。

私は弟と二人、祖父の力こぶを触るのが好きだった。伊予柑農家を営んでいたので、それはそれは立派な力こぶだった。「ねえ、見せてよう」とせがむと、祖父は「ほら、どうじゃ」と言って腕に力を入れてみせる。まさに伊予柑ほどの力こぶが、ぽこっと浮き上がった。夏でも長袖を着て作業するから、顔は真っ黒に日焼けしているのに、祖父の力こぶは真っ白だった。

十二月は伊予柑の収穫時期でもある。ふだん剪定をしたり消毒剤をかけたりする作業は主に祖父母の仕事なのだが、収穫は一族総出で行われ、私たち子どもも駆り出された。肩から斜めに袋を提げて、手の届く範囲の実をもいでいく。高いところの実はあとで大人が木にのぼってとってくれるのだ。鋏で枝と実を切り離し、へたのところから少し出っ張っている枝の名残をもう一度パチンと摘みきる。この二回目のパチンをやらないと、籠の中で蜜柑同士が傷つけあってしまう。いつかのドラマで「お前らは腐ったみかんだ」というセリフがあったように、蜜柑というのはデリケートな果物なのだ。

子どもの時分は蜜柑山で遊べるのが楽しかったが、高校へあがったころから事情は変わってくる。ちょうど伊予柑の収穫が全部終わるのが、クリスマス前後なのだ。しかし、収穫は神野家のいちばん大切な行事である。すっぽかすわけにはいかない。もちろんクリスマスにはデートもしたいから、結果、収穫作業に精を出すことになる。クリスマスまでにはお役御免になるよう、せっせと働いた。出かけられた年もあれば、蜜柑山で家族みんなで過ごした年もあった。収穫した伊予柑はしばらく倉庫に寝かせてから、選別をして出荷する。段ボールには、祖父の名前「明宜《あきよし》」の一字、「明」が丸印で刷られていた。無口な祖父だが、明るいという一字が似合う笑顔の人だった。「明」印の段ボールは倉庫に大量にあったので、蜜柑の出荷以外にも、荷物を送るのに日常的に使っていた。

木の匂いしているクリスマスツリー　紗希

上京した年のクリスマス、街で見かけるツリーのほとんどがプラスチック製であることに驚き、かつての祖父の生木のツリーを思い出して詠んだ。故郷の松山は雪がほとんど降らない地域だったから、木に積もる雪は絵本の中でしか知らない。見よう見まねで雪を模したふわふわの綿を飾り、鈴やリースを提げるとき、なまなましい木の匂いが私の肺いっぱいに満ちた。ツリーという名前をもちながら本当に木の匂いのするクリスマスツリーは少ないのだと気付いたころには、祖父はこの世にはいなかった。私が進学のために上京してからしばらくして、癌で他界したのだ。命日は十二月十三日。ちょうど、かつてみんなで力を合わせた収穫の時期だった。祖父が亡くなってから、伊予柑畑は維持ができずにほとんどやめてしまったが、家のそばの畑だけは家族交代で手入れしながら守っている。庭に朽ちつつある鉄棒ごしに、今年も色づきはじめた畑の蜜柑を眺めながら、祖父は私にとって、まさにサンタクロースのような人だったと思い返す。

先日、はやりのノロウイルスにやられて二日間寝込んでいた。折しも母から電話、弱々しい私の声によほど心配したらしく、翌日、段ボールいっぱいに支援物資を送ってくれた。ゼリーや林檎といったデザート類に加えて、祖母の作った白菜やねぎ、そしてご丁寧にちゃんこ鍋スープまで入っている。ありがたい、ありがたい。段ボールには「明」と大きく一字があった。

蜜柑の香りが消えたとき

夫は浜松、私は松山、夫婦そろって蜜柑どころの出身だ。その血を引いているからか、息子は歩くのもおぼつかない一歳のころから、自分で蜜柑の皮をむいて食べることができる。昨夜もいつものように、お風呂上がりの水分補給に蜜柑をひとつ。一生懸命むいていると思ったら急に声を上げ、こう言った。

「あっあっあ！　爪がみかんになっちゃった」

どうやら、爪に蜜柑の皮がはさまってしまったらしい。私は皮を取りのぞいてやりながら、さっきの言葉は俳句だなあ、と思い返す。五七五だし、冬の季語「蜜柑」も入っているし。

息子の発した言葉が、たまたま俳句になっていたということは、ままある。この間は、絵本を抱いて近づいてきて、

「おつきさまかじった絵本よんでおくれ」

空の月が食べたくて奮闘するネズミの話がお気に入りなのだ。ちなみに「月」は秋

の季語。

俳句の定型は額縁のようなものだ。二歳のたどたどしい言葉でも、切り取ると特別なひびきになるように、たわいない会話や日常の風景も、十七音の額縁に収めたとたん、一回きりのかけがえのない顔をして光り出す。

豚汁の後口渇く蜜柑かな　正岡子規

豚汁の塩気で口の中が渇いたので、デザートに蜜柑をいただこう。健啖家の子規らしい、素直な句だ。豚汁も蜜柑も平凡な素材だが、俳句の額縁に飾れば、楽しいひとコマとして、忘れがたい現実感を醸し出す。俳句は難しいという印象があるかもしれないが、なんのことはない、豚汁と蜜柑でいいのである。

伊予柑農家だった実家は、冬には蜜柑の香りで満たされていた。クリスマス前は、収穫のシーズンだ。家族総出で山へ出ては、めいめい、かごを提げハサミを使って、実をもいでゆく。

夕飯を済ませお風呂に入ると、さわやかな香りの湯気が。当時、皮に傷がついて売りものにならない伊予柑を、半分に切ってごろごろと洗濯ネットに入れ、湯船に浮かべていたのだ。柚子湯ならぬ伊予柑風呂、思えば贅沢な話である。伊予柑のエキスがたっぷり染み出したお湯に浸かると、肌がチクチクして芯からあったまる感じがした。お風呂から上がれば、大皿にずらりと伊予柑がむいてある。上からふりかけた砂糖が、酸味をいっそう引き立てていた。喉の渇いた私と弟は、競ってぱくぱく食べた。

あの頃は当たり前と思っていたが、祖父が亡くなり畑をたたんで、うちから蜜柑の香りが消えたとき、はたと気づいた。山の斜面に座ってみんなで休憩のおやつを食べながら見上げた青空や、湯気にけむる伊予柑、皮をむく母や祖母の笑顔。何気ない日々の出来事こそが、いつか必ず終わってしまう、かけがえのない瞬間だったのだと。

だから、生活に疲れたときには「今日が人生最後の日」だと思うことにしている。もしも今日が人生最後の日だったら。ベランダに干した家族の靴下。風に揺れるぶらんこ。青空に透ける雲のかたち。灰色に見えた日常が、光をまぶしたみたいに、きらきらと輝きはじめる。わだかまっていたあれこれも、些細なことだと笑って許せる。

いつか来る、本当の最後の日まで。豚汁を啜って、蜜柑をむいて。なんでもない、当たり前の光を重ねてゆこう。

編みかけのセーター――じゃがいものスープ　紗希

第四章

短めが好きマフラーも言の葉も

——俳句

しづかなる水

自転車登校だった高校時代、行き帰りによく川原に寄ってぼーっとしていた。別に友人が少なかったわけでも、不良だったわけでもないが、土手に寝転がって川の流れを見つめているのが好きだったのだ。川は停滞しない。必ずどこかへ流れてゆく。鴨長明はその様子を「行く河のながれは絶えずして、しかももとの水にあらず」と表現したが、私は古文の時間に習ったこの『方丈記』冒頭の一節をよく口ずさんだ。無常観にかられたのではなく、すべての水は入れ替わってゆくのだという摂理が、とても新鮮で気持ちの良いことに思えたからだ。人間の細胞だって、半年後にはほとんどが新しく入れ替わっていると聞く。川も、同じように「かつ消えかつ結びて」生きているのだと思った。今この瞬間も、すべてが新しいこと。私は川を見つめながら、その快さに身を委ねていた。

しづかなる水は沈みて夏の暮　正木ゆう子

初めて繙いた句集は、正木ゆう子の『静かな水』だった。華やかな句に惹かれつつ、心はいつも、この句に帰ってきた。沈んだ水は見えない水だ。だんだん空が暮れてきて、藍色の闇が何層にもなって沈んでくる。水面にはやや騒がしい水も急ぐ水もいて、その一番底の層には、「しづかなる水」が横たわっている。「しづ」「みづ」「しづ」のZの韻も、どこか沈みゆく重たさを思わせる。光が絞られてゆく夏の夕暮れに、視覚よりも心が鋭敏になって、見えないものが見えてくる感じは、川原で何度も体験したものだったが、あの複雑な感覚を、鮮やかに十七音で切り取ることができるのだということに驚き、俳句はすごいと感動した。

同じころ、国語の教科書には長谷川櫂の〈春の水とは濡れてゐるみづのこと〉が載っていて、水には「しづかなる水」や「濡れてゐるみづ」があるのだと知った。いや、その事実はすでに体感していたはずなのだが、それを表現する言葉を知らなかったのだ。ゆう子や櫂の句によって、はじめて感覚に名が与えられ、絶えず流れて消えてゆく現実の瞬間が、永遠の言葉となって刻まれた。それは、手に触れているそれが「WATER」だと知った、ヘレン・ケラーの喜びに似ていた。

じいんじいん

切株はじいんじいんと　ひびくなり　富澤赤黄男

切株が、じいんじいんと響いている。ただそれだけだ。なのに、なんでこんなに切なくなるのだろう。

「じいんじいん」というオノマトペは、「じんじん痛む」とか「じいんと感動する」などといった使われ方をするので、伐られた切株の痛みや、その声が心に響いてくる感じを伝えてくれる。また、切株以外が平仮名で書かれていることで、とても純粋で根源的なことが書かれているような気がしてくる。切株の響きは、聞こえない音。〈蝶墜ちて大音響の結氷期〉しかり、赤黄男は聞こえない音に耳を澄ませるのが得意だ。その静寂の音に共鳴して、私の中に潜む傷もまた、じいんじいんと響きはじめる。

赤黄男に師事した高柳重信の多行俳句は、赤黄男の一字空けの技法をさらに推し進めたものだった。私は、赤黄男の切株の句とセットで、いつも重信の船長の句を思い出す。

船焼き捨てし
船長は

泳ぐかな　高柳重信

伐られてじぃんじぃんと痛む切株も、大切な船を焼き捨てた船長も、己の半身を失った哀れな存在だ。一字空けや一行空けの間が、彼らの顚末を知りたいという読者の期待をそそり、そして最後に置かれる「ひびくなり」と「泳ぐかな」。どちらも「なり」「かな」という文語で強い切れを生んでいる。その切れの大仰さが、なんだかおどけてみせているようで、真面目さよりも滑稽味のほうへ舵を切る役割を果たしている。結果的に、悲愴感漂う大真面目な句とならず、そのくせずっとずっと哀れで切ない気分が滲み出る句となった。

根源論も俳人論も、無季俳句論、社会性論議も、僕には無用である。僕はただ、ひとりの人間が、憤りの果てから、虚妄の座から、涙を通し、哀歓を越えて、つひにひろびろとした大気の中で思い切り呼吸することが出来ればと、それのみを悲願するだけだ。
（富澤赤黄男「クロノスの舌」）

「じいんじいんと」のあとに置かれた空白は、あるいは赤黄男の切望した「ひろびろとした大気の中で思い切り呼吸する」ための、小さな小さな風穴なのかもしれない。この空白を抜けて、切株の響きは、無限に広がってゆく。

氷の中の夢

私は毎晩夢を見る。高校二年生のクラスで、友人とお笑い芸人の真似をしては笑いこけていたころの夢。核戦争後の世界で、倉庫にアジトを構え、仲間と身を寄せ合って生きていく夢。空を飛ぶ夢。夫が浮気する夢。ゾンビと化した知人に追われる夢。芭蕉と曾良の旅に加わって、美味しい茸鍋を食べる夢。私がまだ生まれていないころ、父と母が恋人として岬を歩いている夢。

カーテンから差し込む朝日が、顔にきらきらとちらついて目が覚める。こちらの世界に戻って来たあとも、しばらくは夢の世界の名残が感情を支配していて、布団の中で、高鳴る心臓を深呼吸して整えたり、ふっと涙をこぼしたりする。そして、ふと考える。私がさっきまで見ていた夢の世界は、私が目覚めたあと、どうなったのだろうか。私を失って、世界は崩壊して無くなったのか。それとも、いまでもパラレルワールドのように現実の世界と並行して存在していて、この時空には、私が見た夢のぶんだけ、世界が在るのだろうか。

東日本大震災のとき、私は東京でアルバイト先にいた。地下にある小料理屋で一人で店番をしていたら、大きな揺れ。揺れるワイングラスを必死に手で押さえたが、あまりの揺れの大きさに、見捨てて外に飛び出した。昼の銀座の歩道には、通りに出てきた人が溢れ返っていて、なぜかみな空を仰いでいた。買い物から帰ってきた店主が、あろうことか自転車に乗っていて地震に気付かなかったらしく、「何見てるの？日蝕？」と言った。深夜にやっと動いた地下鉄でワンルームの下宿に帰宅し、冷え切った部屋でダウンコートのままベッドに寝た。

私は、その現実の延長を今生きている。そういう気持ちでいるが、この現実は、実はあれから私が見ている長い長い夢で、本当はあの地下の店で死んでいたのだとしたら。眠りこけたベッドの上で、ダウンコートのまま、実は目覚めなかったのだとしたら。いや、震災よりもっと前に、私の命はとっくに尽きていて、私はいま、目覚めない長い長い夢を見ているのだとしたら。最近、テレビから流れてくる信じられないようなニュースを見るにつけ、出来の悪い夢の中にいるような気分になる。

気絶して千年氷る鯨かな　冨田拓也

この句の鯨《くじら》は、突然訪れた自らの死に気付かないまま、氷の中に閉じ込められて、千年を過ごしてしまった。そして、誰にも見つかることなく、今も氷河の中に閉じ込められている。死というのは、そのように、自覚なく訪れるものなのかもしれない。私は、この句の鯨が氷の中で見続けている夢のことを、ときどき考える。そして、目を閉じて、遮るもののない海原をゆく一頭の鯨になって、深く深く沈んでゆく。

俳句と子ども

1　子どもの目の高さ

福島・須賀川の牡丹俳句大会に参加した際、地元の結社「桔槹《きっこう》」代表の森川光郎さんが、こんなお話をされた。須賀川は牡丹園が有名だから、私たちは毎年、牡丹の名句を求めて詠んでいる。みなそれぞれ、牡丹園の中に、これと決めた牡丹があるだろう。私は今日も、簡易椅子を持ち込んで、私の牡丹の前にじっくり座って、俳句を詠んできた……と。

いわれてみれば、私は牡丹園をめぐったとき、大人の目の高さで、上からのぞきこむようにして牡丹を見た。小さな簡易椅子に座った低い視線で、牡丹を正面に見上げたら、さぞ迫力満点だろう。

そこでふと思い出したのは、芭蕉の「俳諧は三尺の童にさせよ」（服部土芳『三冊子』）、俳諧は三尺＝一メートル弱の背丈の子どもに作らせなさい、という言葉だ。大人はうまく作ろうとするからいけない、子どものように素直に詠め……技術を弄する警鐘として解釈されてきたが、ここで「三尺」という具体的な背の高さが示されているのが気になる。

たとえば、私はいま二歳の息子の育児中だが、彼の目の高さ（もうすぐ九十センチ）に見えている世界は、私の見ているものとずいぶん違うのだと気づくことが多い。一緒に電車に乗ったときのこと。立っている私の目からは、窓の外に家や車が見えるので「おうちだよ、ぶーぶだよ」と教えても、ベビーカーの彼はきょとんとしている。「あお、あお」と指さす彼の頬に顔を寄せ、同じ視線の高さで窓の外を見上げてみると、そこには真っ青な空しか見えなかった。同じ窓の外を見ているつもりで、ぜんぜん違う景色を見ていたのだ。

散歩中でも、彼と一緒にしゃがんでみれば、蟻も、蟬の穴も、よく見える。いきなり「子どものように素直に詠め」といわれても、人間そう簡単に心を切り替えられないが、子どもの目の高さで世界を見つめて詠め、と具体的に指示されたら、実践できそうな気がしてくる。

目の位置に関しては、大江健三郎の指摘もある。大江は『子規全集』の解説「子規の根源的主題系《テマティック》」の中で、子規の文学における病臥の姿勢の意味を「この世界を見ている者の眼の位置」に見出した。

病人の如くいつも横にねて居るものには眼の高さといつても僅に五寸乃至一尺位なものである。今病人の眼の前三尺の処に高さ一尺の火鉢が置いてあるとすると、それは坐つて居る人の眼の前三尺の処に凡そ三四尺の高さの火鉢が置いてあるのと同じ割合になる。

（正岡子規『病牀六尺』）

病臥の視界の特異性を、子規自身が述べた文章だ。体感一メートルの火鉢の迫力たるや。大江は子規のこの文章を引用しつつ、子規の代表歌〈瓶にさす藤の花ぶさみじかければたゝみの上にとゞかざりけり〉を挙げて「病床にある自分の姿勢の、その固定された眼の位置が、単にそのように強制された状態をあきらめる以上の事の契機となることに気づいている。そのような眼の位置のみが真にその美の実在をとらえた藤の花。かれの眼の位置はそのまま新しい力となる」と論じる。なりたくてなったわけじゃない病臥の身だが、その目の高さからしか捉えられない美もある。目の位置を意識することで、子規は逆境を力に転じた。藤の花を上から見下ろしただけでは、畳にわずか届かぬ花房の先へまで、意識が及ばなかっただろう。

とどまればあたりにふゆる蜻蛉かな　中村汀女
一匹の蟻ゐて蟻がどこにも居る　三橋鷹女

汀女の句、立ち止まったら物理的に赤蜻蛉《とんぼ》の数が増えたのではなく、私の認識として、赤蜻蛉の存在がどんどん感じられてきたということだ。「とどま」って、見る目の位置を固定したことによって、生活モードから俳句モードへ切り替わったのである。鷹女の句も同じ。いきなり蟻が湧いてきたわけではない。一匹の蟻に意識をとめて身を屈めた瞬間、それまでは目に入っていなかった蟻が、そこかしこ「どこにも居る」ことに気づいたのだ。

世界を見つめる目の位置を変えること。生活モードと俳句モードのスイッチは、体を動かし、物理的に切り替えることもできそうである。

2　共感と尊重の違い

二〇一七年、正岡子規の未発表の五句が新発見された。明治三十四年の正月に子規庵を訪れた客が、俳句や絵を寄せた歳旦帳《さいたんちょう》が見つかり、そこに子規の俳句も書かれていたのだ。

暗きより元朝を騒ぐ子供哉　子規

新しく見つかったうちの一句。子どもたちが、まだ暗いうちから早起きし、正月の朝だと騒いでいる。素直な子どもの存在を通したことで、正月の来るそわそわした嬉しさめでたさが増幅した。淡々とした詠みぶりからは、子どもの子どもらしさとともに、詠んでいる子規の、落ち着いた大人の視線を感じる。
子どもと写生に関しては、子規の親友・夏目漱石が、子規の提唱した「写生文」というジャンルについて、こんな文章を残している。

写生文家の人事に対する態度は貴人が賤者を視るの態度ではない。賢者が愚者を見るの態度でもない。君子が小人を視るの態度でもない。男が女を視、女が男を視るの態度でもない。つまり大人が小供を視るの態度である。（略）
小供はよく泣くものである。小供の泣く度に泣く親は気違である。親と小供とは立場が違ふ。同じ平面に立つて、同じ程度の感情に支配される以上は小供が泣く度に親も泣かねばならぬ。普通の小説家はこれである。（略）写生文家は泣かずして他の泣くを叙するものである。
（夏目漱石「写生文」明治四十年）

「大人が小供を視るの態度」とは、写生のありようを的確に説明した文章だ。俳句ではなく散文に対する評だが、写生文家を俳人に置き換えても成立しそうである。写生とは、他者が泣くのを見ても、それに共鳴して自分も泣くということはせず、ただ他者の泣くのを淡々と叙述することだ、と。そしてそれは、大人が子どもを見つめる態度によく似ている、と。

そういえば、子規は歳旦帳の句に限らず、おりおり子どもを詠んだ。もう少し見てみよう。

犬の子を負ふた子供や桃の花　明治二十二年
うり一つだひて泣きやむ子供哉　明治二十五年
八人の子供むつましクリスマス　明治二十九年

一句目、桃の咲く春、子どもが犬の子をおぶっている。幼くしてすでに慈愛の心をもつ子どもの優しさが、客観的に描写された行動によって感じ取れる。二句目、泣いていた子どもが、瓜を渡され泣き止んだ。目に涙をためて、口をへの字にして、瓜を抱いて立つ姿は、いかにもいじらしい。三句目、当時は新素材だったクリスマスを果敢に詠んだ。「むつまし」という言葉に、クリスマスの優しい空気感が写し取られている。

いずれも、子どもに共感し感情移入した態度とは一線を画す、客観的な描写がとられている。大人の子規が、距離を保ち子どもを見つめ、淡々と詠むことで、子どもの存在感が強く刻まれた。

逆に、対象に共感し感情移入するとどうなるか。ともすれば次のような句になりかねない。

［悪例］瓜の花母がいなくてさびしい子
［悪例］昼寝の子風を手招きしてをりぬ

その子にしか分からない感情を「さびしい」と簡単な言葉で代弁してしまったり、子どもの心などおかまいなしに、風を手招きしているようだと、自分の論理に引き寄せて比喩したり。

共感するふりをして他者の思いを代弁してしまうことは、他者を自分に置き換えて理解しているだけで、結局、他者を無視しているのと変わらない。一方、子規が子どもを詠むときの客観的な態度は、子どもの存在をありのままに肯定することにつながる。子どもには子どもの心や感覚があることを、尊重しているのだ。

写生とは、他者を尊重する態度である。……子規が子どもを詠んだ句から、そんな風にまとめてみることもできるか。

3　怖い子ども

ホラー映画では、恐怖の対象として、子どもがよく登場する。たとえばスタンリー・キューブリックの『シャイニング』では、整えられたホテルの廊下に、アリスのような双子の少女が立っているシーンがある。血を流しているわけでも斧を振りかざしているわけでもなく、ただ立っているだけなのに、それが妙に怖いのだ。日本の映画でも『呪怨』などは、天袋を開けると小さな男の子の霊が出てきて驚いたりする。これは顔を白塗りしていて、あからさまに怖さを演出しているが。

日のくれと子供が言ひて秋の暮　高浜虚子

虚子のこの句の子どもも、ちょっと怖い。彼の語彙にはなさそうな「日のくれ」という言葉を、暮れてゆく景色の中でぽつりとつぶやく子どもは、いったい何を考えているのだろうか。

息子が赤ん坊のとき、そのまなざしを怖いと思うことがあった。なにも見ていないという感じの、がらんどうの目をするのである。そもそも科学的には、生まれて数か月は視力が悪くてあまり見えないそうだが、虚空へ向けられた彼の瞳はブラックホールのようで、覗き込んでもなんの感情も読み取れない。最近は二歳半になり、会話も少しできるようになったが、そのまなざしの奥にはまだ少し、がらんとした空洞が残っている。

「日のくれ」といった子どもの目も、同じように、がらんとしていたのではないか。大人のこぼした言葉を嬉しがって「日のくれ、日のくれ」と繰り返している姿を想像してもいいのだが、子どものかわいらしさにフォーカスすると「秋の暮」というしみじみ真面目な着地とそぐわない。ゾンビにしてもサメにしても、何を考えているか分からない、人間の常識が通用しないというところに恐怖が生まれる。子どももまた、人間の常識を共有しない、無垢だからこそ理解できない存在として、ときに恐怖の対象となるのかもしれない。

まだ言葉の意味を十全には理解していない子どもは、大人が当たり前に使っている言葉の本来の意味を、あらためて考えさせることができる。「日のくれ」の気分を完全には解していない子どもの口を介せば、「ひのくれ」という音だけが虚ろに響く。そのことによって、日のくれとはそもそも何だったのかということを、その言葉の後方に広がる途方もない暗がりや哀しみのことを、私たち大人は、つらつらと考え始めるのだ。

真直ぐ往けと白痴が指しぬ秋の道　中村草田男

意味が剝奪された存在に畏れを抱くという意味では、この句の「白痴」も、「日のくれ」と発語する子どもと同じ、畏怖の対象となっている。人間社会の論理に染まっていないからこそ、白痴の人も子どもも、神に近い存在として、私たちに見えないものを見ているように感じるのである。

アンデルセンの童話『裸の王様』では、布職人を名乗る詐欺師が、王に「愚かな人には見えない布」で仕立てた服を売りつける。王にはその服が見えない。でも、愚かな人間だと思われたくなくて、王は詐欺師に言われるまま、ありもしない透明な衣服に袖を通し、下着姿でパレードすることに。家来も国民も、大人たちは自分の愚かさを隠し、見えたふりをして褒めちぎる。しかし小さな子どもの一人だけが「王様は裸だ！」と指さし、真実を告げたのである。利害を考えない子どもは、無垢で正直な存在として、対岸の大人の愚かさと、現前する真実をあぶり出すこととなった。

被災した子供たち

人類の先頭に立つ眸なり　正木ゆう子

二〇一七年、蛇笏《だこつ》賞を受賞した第五句集『羽羽《はは》』の句だ。東日本大震災のとき、避難所の子どものまなざしを見て詠んだという。大人は、目先の利益や義理に搦めとられ、あんな事故があってもなお、原発すら止められない。そんな愚かな人間を相対化し、真実を見据える、純粋な光を宿した子どもたちの眸《ひとみ》。無垢な子どもをふと恐れるとき、私たちは社会秩序の側に染まった大人であることを、否応なく自覚する。

4　絵本のディテール

息子に絵本を読み聞かせていると、しばしば、物語の筋とは違うところに食いつく。絵本の隅にちょこんと描かれた、てんとう虫やたんぽぽ、靴下や時計。それらの、物語には関係のないディテールに、子どもは敏感に反応するのだ。

たとえば、五味太郎の『きんぎょが　にげた』(福音館書店)。金魚が金魚鉢から逃げ、部屋のあちこちに隠れているのを探して、ページをめくってゆくという趣向の名作絵本だ。はじめは金魚探しをしていた息子が、そのうち、金魚の隠れたカーテンのそばの黒電話、キャンディ瓶のとなりのビスケットなどに興味を移しはじめる。後半では、たんすからはみ出た靴下や机の鉛筆、転がったボールや独楽など、これでもかと無駄なものが描きこまれているのに釘付けだ。これは何、あれは何？　指し示しては母を問い詰める。他の絵本も同様で、ものの名前を覚えるために、あえて無駄なものがたくさん描かれているように見える。

葛餅の蜜の届かぬ角三つ　小野あらた
椎茸の切れ込みにつゆ溜まりけり
根の先の丸まつてゐるヒヤシンス

二〇一八年の田中裕明賞を受賞した句集『毫《ごう》』は、トリビアルな世界のディテールを顕微鏡で精査するような、独特の視点が光る一冊だ。「蜜の届かぬ」「溜まりけり」「丸まつてゐる」の表現がたしかで、葛餅や椎茸やヒヤシンスの根といった小さなものたちのありようが、くきやかに描き出される。

しかしこうした葛餅や椎茸の姿というのは、人生という物語の筋とは関係がない。あまりにささやかで物語性を持ちようがない。徹底してトリビアルなこれらの句は、あえて、安易な人生のストーリーに搦めとられるのを拒否しているようだ。

動物園でフラミンゴの前に立ったときのこと。二歳になったばかりの息子は、柵の向こうのフラミンゴには見向きもせず、「葉っぱ、葉っぱ」、手前の草にばかり興味を示すのだ。まだボールを投げる力が弱いみたいに、興味が遠くまで届かず近くに落ちる。でも、草に光る露には敏感だ。

こんな研究もある。ある山村の小学生に地域の地図を描かせたところ、学年が上がるとともに出現率が増加するのは、小学校や公民館やお墓など生活にまつわる建物で、逆に出現率が減少するのは、草むらや花、犬、地蔵、栗の木などだったという（大西宏治「手描き地図から見た子どもの知覚環境　山村の事例」）。幼い子どもたちは、生活とは直接関係はないが身近に存在する草花や動物を、近しい存在として知覚しているのである。

散文では椎茸の切れ込みのつゆだけで作品になることはあり得ないが、俳句だとかえってそのリアリティが愛されたりする。ストーリーよりもディテールに惹かれる感性は往々にして俳句的だが、これは子どもの知覚のあり方とよく似ている。

しかし一方で、先ほどのあらたの句や、虚子の細部に着目した句などが、子どもらしさを備えているというよりもむしろ、どこか大人びて見えるのはなぜだろうか。

　世の中は広い。広い世の中に住み方も色々ある。其住み方の色々を随縁臨機に楽むのも余裕である。観察するのも余裕である。味はうのも余裕である。此等の余裕を待つて始めて生ずる事件なり、事件に対する情緒なりは矢張依然として人生である。活潑々地の人生である。描く価値もあるし、読む価値もある。

（夏目漱石　高浜虚子著『鶏頭』序）

虚子の小説集『鶏頭』に寄せた序文で、漱石は虚子が世界に対する態度を「余裕派」と名づけた。人生の一大事に関わることを切羽詰まって書くだけが文学ではない、観察し余裕をもって書かれたものもまた価値がある、と。

駒の鼻ふくれて動く泉かな　高浜虚子
ぢぢと鳴く蟬草にある夕立かな
一つ根に離れ浮く葉や春の水

泉へ辿り着き水を飲む馬の鼻息の荒さ、草の中の蟬が迎える夕立、水中の浮草の茎のありよう。自然の細部を写生した句から感じるのは、そこへ目を向ける余裕、世界にこうした風景があると知っているゆたかさだ。子どもらしい知覚を損なわない大人の余裕が、虚子の句には漂う。子どもかつ大人であること。矛盾を抱いて俳人は立つ。

5　護符としての俳句

ここらあたりで、素直に育児の話をしてみよう。

短夜や乳ぜり泣く児を須可捨焉乎《すてつちまをか》　竹下しづの女

暑く短い夏の夜、わずかな睡眠も貴重なのに、お乳欲しさに赤子が泣く。夜泣きと睡眠不足に疲れ、ふと悪魔の考えがよぎった。大正九年、まだ女性俳人が圧倒的に少ない時代に、虚子が「ホトトギス」雑詠欄の巻頭に選んだうちの一句だ。育児に疲れ吐露された赤裸々な激情と、言語処理能力によって御する理知とが均衡を保つ、希代の名句である。ルビで「すてっちまをか」という投げやりな口吻を句に呼び込んだが、漢字で記された漢文そのもの（すべからく捨つるべけんや）は反語となっており「決して捨てはしない」という着地が示されている。吾子への愛が大前提なのだ。

私自身も、はじめての育児、特に〇歳のときは大変だった。うちの子は直接母乳が飲めなかったため、数時間おきに搾乳して哺乳瓶で与える必要があった。搾乳に二十分、飲ませるのに二十分、抱っこして寝かせるのに二十分。そのあと母乳を冷凍したり、哺乳瓶を洗ったりしていると、すぐに次の授乳タイムだ。昼夜問わず赤子を抱いてあやしたあのころ、私はぼろぼろに疲れていた。

そんなとき、負の感情の出口になったのが、しづの女の句だった。苦しいのは私だけじゃないんだ。百年前の彼女の言葉に、現実に向き合う母同士の強い連帯を感じた。しづの女が先に「捨てっちまおか」と呟いてくれたので、私はそれを自分の言葉として口にしなくて済んだ。理性で押しとどめることができた。短夜の句が、護符として、私の暗闇を吸い取ってくれたような気がした。

短夜は必ず明ける。搾乳生活も必ず終わる。そう思えば耐えられた。「捨てっちまおか」は瞬間的な感情のピークとして、特別に限られた短夜という時間の中に、ぎゅっと閉じ込められている。

置けば泣き抱けば乳欲る日永かな　鶴岡加苗

背中スイッチという言葉がある。あやした腕の中でやっと眠った赤ちゃんを、そろそろいいかなと下ろすと、布団に背中がついたとたん、目を覚ましてまた泣き出す。背中にオン／オフのスイッチがあるみたいなので「背中スイッチ」。抱っこじゃないと泣き止まない赤ちゃんのさまを表す言葉だ。置けば泣き、抱けばお乳が欲しいと泣く。赤子は、この無限ループである。ああ大変、と突っ伏したくなったら、先輩ママの鶴岡さんの句を思い出しては、リズムのよさに「ほんとほんと」と相槌を打った。春の日永は、永遠のように明るくて途方もないが、でも、日永も必ず終わる。

私たちの負のエネルギーを吸い取り、悪い未来へと導かないようにする、護符としての役割も、きっと俳句にはある。育児の場面だけではなく。

人殺す我かも知らず飛ぶ蛍　前田普羅

まつすぐな道でさみしい　種田山頭火

普羅の句、虫も殺さぬ顔で平和に生きているつもりでも、何かの拍子に殺人を犯してしまうような、人生の奈落にはまり込む可能性はもちろんある。報道される事件を他人事のように批評せんとするとき、ふと普羅の句を思い出して、殺意は身のうちにもひそかに存在するのだということに、はっと気づかされる。それを自覚していれば、最悪の事態に踏み込むまでに、どこかで我に返り、状況を客観視できるのではないか。

山頭火の句、まっすぐで先が見通せる人生はさみしい。そう山頭火が呟いて放浪してくれたから、彼の人生に思いをのせて満足して、放浪の手前で踏みとどまれる生活者が、きっとたくさんいる。

天井や股間にぬくき羊水や　池田澄子

自宅のソファーの上で破水して、いざ出産、タクシーを待つ間、この句を思い出していた。股間にじんわり広がる羊水。たしかに、ぬくい。

俳句は、私の現実に先駆けて存在する。このまま行けば何が起こるか、どんな気持ちになるか、一つの答えを示してくれている。さて、その言葉を受け、私はどうするか。私たちの人生の道の先々には、護符としての俳句が立っている。それってとても、心強いことではないか。

6　「知らない」に立ち返る

ほしむすぶふしぎのかたちキャンプの夜

数年前、NHKの俳句大会で入選した小学生の句だ。「ほしむすぶふしぎのかたち」とは、何のことか分かるだろうか。キャンプの夜、テントで眠りにつく前に、ひととき空を仰ぐ。ふだんは決して見られない、自然の中の満天の星空。ほら、あれが白鳥座だよ、さそり座だよ。ああ昔の人は、この星々を結び、夜空に神話を描いたのだなあ。

一言「星座」といえば済むところを、その名を用いず表現することで、星座をはじめて知った人のような、初々しい驚きのこもった句となった。彼はこのとき、本当に生まれてはじめて、星座をまじまじと見上げたのかもしれない。子どもにとって世界は「生まれてはじめて」に満ちている。

批評家シクロフスキーは、芸術の目的は、日常の「非日常化」にあるといった。「知ることとしてではなしに見ることとして事物に感覚を与えることが芸術の目的であり、日常的に見慣れた事物を奇異なものとして表現する《非日常化》の方法が芸術の方法」(シクロフスキー『散文の理論』)。私たちの「知識」を「感触」に変え、生の感覚を回復するために、芸術があるという考え方だ。

トルストイの非日常化の方法は、彼が事物を通常用いられている名前で呼ばずに、事物をはじめて見たもののように記述し、(略)広く認められている事物の部分の名称を使用せずに、ほかの事物と対応する部分の名称で事物を名づけているという点に存在する。

(『散文の理論』)

小説家トルストイは、たとえばオペラについて、その慣習化された儀式――会話の途中でいきなり歌いだしたり、いつの間にか衣裳チェンジしていたり――を、オペラをはじめて見たような視点から、奇異なものとして描き出した。オペラという名前で私たちが知った気になっている出来事を、もう一度、無垢な目で見つめ直したのである。聞き慣れた言葉、見慣れたものを、自分の言葉で置き換えることで、芸術性が付与され、今まさに事物と対面しているような、生の実感が帰ってくる。

呼吸する色の不思議を見ていたら「火よ」と貴方は教えてくれる

現代短歌を牽引する穂村弘の代表歌だ。「呼吸する色の不思議」とは何だろう、と読み下してゆくと、私ではなく貴方により、それが火だという知識がもたらされる。たしかに、火は呼吸しながら刻々色を変えてゆく、不定形の不思議な存在だ。

はじめから「火」といえば一言で意味伝達は可能だが、では冒頭いきなり「火を見ていたら」と書かれたら、私たちは本当に火を思い浮かべられるだろうか。「火ね」とすぐ知識として了解してしまい、まじまじと火そのものを思い出しはしないだろう。でも「呼吸する色の不思議」という情報を先に与えられることで、私たちはまぼろしの火を、その呼吸を、眼前にあらためて感じることができる。

見慣れた「星座」「火」という名前を使わず、「はじめて見たもののように記述」することによって、実感が宿り、詩が生まれる。生まれてはじめてのものを見つめるとき、人はそれを指し示す名前を知らない。だから、手持ちの言葉で工夫し自分なりに表現しようとする。

いいかえれば、よく対象を知った大人でも、その名をあえて使わぬことで「生まれてはじめて」の感動を取り戻すのも可能なのだ。芭蕉の「俳諧は三尺の童にさせよ」も、知識に泥み常識にとらわれる大人を批判する語だった。知らないという子どもの無垢を取り戻すことが、芸術にとって重要な技巧だと、芭蕉も分かっていたのだろう。

一つ根に離れ浮く葉や春の水　高浜虚子

虚子のこの句も、「浮葉」などと既成の季語を使えば済むところを、丁寧に「一つ根に離れ浮く葉」と表すことで、ありありとその実態を描き出している。

季語もまた、俳人にとっては見慣れた事物だ。季語に慣れ、頼りすぎては、知識に訴えるだけの感覚欠如の句になる。季語の姿を取り戻すため、生きているこの世界を記述するため、私たちはよく知ることだけでなく、「知らない」に立ち返ることもまた、忘れてはならないのだ。

ふつうではなく

コンビニのおでんが好きで星きれい　紗希
虹見しと日記にありて覚えなく
明け方の雪を裸足で見ていたる

二十五歳だった私は、ＮＨＫの句会番組「俳句王国」の司会を毎週続けていたこともあって、大学院の博士後期課程に進学した。人並みに就職したところで、私たち就職氷河期世代は終身雇用制も揺らぎ、年金などの保障も先が見えない。ことに結婚・出産などでライフスタイルの変更を余儀なくされる女性の未来は不確かだ。新卒を重用する日本社会においては、これでいわゆるふつうの就職はできなくなるんだろうな、と漠然と感じていたが、天秤にかけて、私は〝ふつう〟ではなく、俳句を選んだ。

夜は小料理屋でアルバイトし、日付が変わるころにワンルームへ帰る。駅からまっすぐ部屋に戻るのも何となくさびしくて、よくコンビニへ寄った。深夜をひんやりと照らすコンビニの灯は、ありきたりな表現ではあるが、私の孤独を癒してくれた。

同じ年、毎日歌壇賞で加藤治郎に推された一首に、同世代の歌人・山田航の代表作〈たぶん親の収入超せない僕たちがペットボトルを補充してゆく〉がある。コンビニでアルバイトする若者の、将来への諦念。山田は受賞コメントを「作品は『貧困』という、時代のテーマと切り結ぶものでありたい」とまとめた。経済的な豊かさが約束されていないのなら、せめて言葉を紡ぐ時間だけは売り渡したくない……それは私も同じだった。

「俳句王国」では私も毎回、句を作って句会に参加していた。司会の立場上、あまり点を集めすぎてもいけない。でも、せっかく素晴らしいメンバーで句会ができる機会だから、本気の句を出したい。だから、冒険句や主宰役の俳人の傾向とは違う句を、あえて挑戦的に提出した。挙げた三句はいずれも、番組で兼題の季語を与えられて詠んだ句だ。「おでん」「虹」「雪」といった季語が、あのときを生きていた私をぐっと言葉を呼ぶ。コンビニでおでんのたまごと大根を買い、小さな湯気を携えながら仰いだ都会の星空。自分のブログを読み返すと、数か月前の記憶もすでにおぼろげだ。眠れない夜、九階のベランダの窓越しに見る雪は、誰のものでもなかった。

あのとき、私はぼんやりと、しかし確かに、終わりはじめた平成を生きていた。

言葉にできない

映画『BECK』を観て来た。漫画を原作とした映画で、バンドを結成した若者が、音楽にのめりこんでいくストーリーだ。面白かったのは、主人公コユキが歌うシーン。物語の中で、コユキは奇跡の歌声を持っているという設定だった。この設定、原作の漫画では、奇跡の歌声と書くだけでよく、実際に音を聴かせる必要はなかったが、映画となると話は別だ。どうやって、奇跡の歌声を、音声つきの映像で表現するのか。

そこでとられた方法は、声を聴かせないというものだった。いざコユキが歌いはじめても、声は聴こえず、楽器の音が鳴っているだけ。映像としては、コユキが口パクで歌っているような感じだ。そこに、奇跡の歌声を聴いて驚いた観客たちの表情が重ねられる。

声を聴かせないことで、声を表現する。一見矛盾しているが、なるほど巧い方法だ。観客おのおのが、奇跡の歌声の声質を想像することができるので、「イメージと違う」という感覚を抱かせないで済む。

漫画や小説だと「奇跡の〇〇」とか「誰も見たことのない〇〇」といった記述が可能だが、映像化するとなると大変だ。加えて小説の場合、映像化する際のキャスティングにも、同様の難しさがある。ゼミのメンバーで、谷崎潤一郎の「春琴抄」を映画化した作品を鑑賞したときのこと。観終わった教授は「主人公の春琴は、もっと線の細い女性。たとえば、女優の〇〇さんに演じてほしかった。小説に書かれているイメージと違う」と、しきりに嘆いていた。小説を読むときは、文字からの情報で、おのおのが作品のイメージを作り上げている。映像化された場合、自分のイメージとのギャップを感じてしまうことも少なくないだろう。

言葉でも描写できないものはある。美しい景色や複雑な感情は、言葉で表現しようとすると陳腐になってしまうことが多い。そんなときは、コユキの口パクのように開き直るのもいい。小田和正も「言葉にできない」と歌って、より深い感情を表現しているではないか。何か大切なことをいうときには「うまく言えないけど」と前置きをするのも、思いの深さを表現する、有効な方法だ。

俳句もまた、たった十七音。描写するに足りない字数だからこそ、言葉で描写できないものに届く可能性がある。その沈黙の可能性に賭けて、今日も歳時記を繰る。

ありのままの世界で――俳句は肯定の詩型――

平成の終わりに、ディズニー映画『アナと雪の女王』の挿入歌が大ヒットしたのを覚えているだろうか。歌詞の一節「ありのままで」は一世を風靡し、その年の流行語トップ一〇にも選ばれた。

昭和の末に生まれた私は、個性重視の色濃い平成の教育環境で育った。学校では「自分らしさ」の大切さを教えられ、「ありのまま」に生きることの素晴らしさが説かれた。しかし、現実の世間ではそういうわけにもいかない。就職活動ではみんな同じリクルートスーツを着て、社会に出れば残業が当たり前。ありのままに述べたことが共感を得られなければ「KY(空気が読めない)」と揶揄される。和をもって尊しとなす日本社会の中で、「ありのまま」を通すことの何と難しいことよ。だからこそあの挿入歌が、多くの人の心を揺さぶったのだ。

しんしんと寒さがたのし歩みゆく　星野立子

その曲を街頭で聴くたび、明治生まれの立子の句を思い出した。怖くない、風よ吹けと、世間に背を向けて寒さの孤独へ歩み出す雪の女王と、人の嫌がる「寒さ」を「たのし」と肯定してのける立子の風狂が重なって見えた。肩肘を張らない、ソノトな反逆。声高に主張するのではなく、あくまで自然体の私の行動を通して、通念や常識を書き換えてゆく軽やかさがある。

高校生で俳句と出会ったとき、俳句はなんて自由なんだと思った。十七音の定型があり、季語がある。だから不自由な詩型なのかと思っていたが、はじめてからこれまで、俳句を不自由だと思ったことはない。

昔から本を読むことは好きだったが、文学――小説や詩や短歌――は、非凡であることを求められているような気がして、実際に創作するのは気が引けた。私は健康な普通の少女だった。だが俳句は、そんな普通の私が感じ認めたあれこれも、詩に昇華してくれた。無理に個性的にならなくてもいい、自分を飾らなくていい。私がどんな人間であろうとも、この世界は、ありのままで十分面白い。そう肯定する詩型だった。

起立礼着席青葉風過ぎた　紗希

黒板にDo your bestぼたん雪
コンビニのおでんが好きで星きれい

口語も、英語のフレーズも、コンビニも、私にとっては馴染みの言葉であり素材だった。すべてが俳句になる。普通で平凡なことが詩になる瞬間は、魔法のようだった。その気持ちは、まだ誰にも踏まれていない、まっさらな新雪を踏む高揚に似ていた。青空の土手に寝転がって、呼吸するように俳句を詠んだ。

臆病な飛魚だっているきっと　浦田姫佳

第十七回俳句甲子園の優秀賞受賞作だ。飛魚が飛べるのは当たり前という常識に縛られず、中には怖さと闘いながら飛ぶ一匹もいるのではないかと、弱い飛魚に思いを寄せた。きらきらと輝く光の中に、むき出しの命が閃めく。こうした句に出会うとき、私の心は、自分が俳句を作るときと同じように高揚する。私にとって「詠む」と「読む」はほぼ同義なのだ。十七音によって切り取られ可視化される、世界の真実を見ることが、嬉しくてたまらない。だから、人の句を通してでも、自分の句を通してでも、得られる喜びは同じ。ただ、今までの俳句でまだ詠まれていないものもあるから、私も少し貪欲になって、新たな一句——新雪を踏む喜び——を求め、また句帳をひらいてしまうのである。

花の芯すでに苺のかたちなす　飴山實
球根の数だけ咲きぬチューリップ　谷雄介

一句目、苺の花の芯に、ふくらんでゆく実の形を見つけた喜び。現在は、未来を包含しているのだ。二句目、球根の数しか咲かないことをつまらなく思っているのか、球根の数だけきちんと咲くことに救われているのか。多分、どちらも正しい。

ガラス玉に金魚を十ばかり入れて机の上に置いてある。余は痛をこらへながら病床からつく〴〵と見て居る。痛い事も痛いが綺麗な事も綺麗ぢや。
（正岡子規『墨汁一滴』）

寒いのも、楽しいのも、痛いのも、綺麗なのも、同列に共存する。それがこの世界の、そして私たちの、複雑にして単純な「ありのまま」なのだ。

自分なんて忘れて

「自分探し」という言葉がある。サッカー元日本代表の中田英寿が二〇〇六年に引退する際「プロサッカーという旅から卒業し〝新たな自分〟探しの旅に出たい」とコメントしたことで広く知られたが、一九八三年生まれの私の青春時代、九〇年代からゼロ年代にかけての気分は、まさにこの「自分探し」であふれていた。

いいことばかりでは無いさ　でも次の扉をノックしよう
もっと素晴らしいはずの自分を探して
（「終わりなき旅」Mr. Children　作詞作曲・桜井和寿）

一九九八年、私が中学三年生のときミリオンセラーを記録したJ-POPの歌詞である。中田英寿のコメントも、この歌詞とよく似ている。カラオケに行けば、必ず誰かが歌った。

二〇〇三年にヒットしたこの曲は、知っている人も多いだろう。

NO.1にならなくてもいい
もともと特別なOnly one
（「世界に一つだけの花」SMAP　作詞作曲・槇原敬之）

勝っても負けてもいい、生まれてきただけであなたはあなたなのだからと、全ての生を肯定する歌詞が共感を呼んだ。歌がヒットするということは、その歌を求めている人がたくさんいるということだ。自分が「素晴らし」くなく、自分が「オンリーワン」だと実感できない時代だからこそ、支持を得た。そもそも、確固たる自分と思えるものがないから「自分探し」をするのである。

コンビニや大型スーパーの進出により、日本のどこでも似たような生活を送るようになったから、もはや生まれ育った故郷に自分らしさを求めることは困難だ。就職難や雇用の流動化により、こと若い世代は安定した職につけず、「お前の代わりはいくらでもいる」、オンリーワンとは正反対の事実を突き付けられる。職が不安定だから結婚に踏み切れず、家族を守るために頑張る自分という、ありきたりだが魅力的な物語すらなかなか持てない。

そんな閉塞した時代の空気の中で、私は俳句と出会った。俳句は、自分探しとか、自分らしさとか、そんなこと言わない。私についてぐだぐだ言っているほどの長さがない。そもそも俳句において、「私」というのはそう大した価値はない。季語の体現する自然に相対化されて、私という一個人は軽くなり、世界の単なる一ピースになる。それが、現代社会の現実や生きてきた実感とぴったりきて、なんだかホッとしたのだ。「自分探し」という夢から自由になって、現実と、世界の真実と向き合える快さがあった。

人類を地球はゆるし鰯雲　南十二国
集まつてだんだん蟻の力濃し
星空はおほきな時計山眠る

十二国は一九八〇年生まれの同世代。人類は地球に許される側で、蟻は全体で一つの意志を持っていて、星空を見上げる私は私から自由になって、個体であることを忘れて自然に身を委ねる。

テレビ画面端に時刻や春愁　榮猿丸
朝起きてTシャツ着るやTシャツ脱ぎ

猿丸は一九六八年生まれ。現代風景の断片を的確に描写し、一句に再構築する作風だ。一句目、普段は当たり前で見過ごしていたテレビの端の時刻表示も、春愁に沈んだ気分にはせかされるように感じた。二句目、Tシャツにも寝間着用と普段着用があるのだ。だから朝起きて、Tシャツを脱ぎTシャツを着るという妙な事態が起こる。

猿丸の句は、人生の断片、世界の断片にあえて徹している。俳句は短いから、人生だって断片で語る。世界全体を見通すことの難しくなった複雑な現代に、全体性を見通すことはもはや困難だが、そんな現代においても、断片はリアルだと言い切れる。あるところで、結婚を素材に発表した拙句を引用してもらったのだが、それが私の作った句と少しだけ違っていて面白かった。

［原句］　新妻として菜の花を茹でこぼす
［引用］　新妻となりて菜の花茹でこぼす

前者が私の句、後者が間違って引用された形だ。「となりて」では、私という人間が完全に新妻となっている。一方「として」であれば、ただいまは新妻として菜の花を茹でたりしている、世を忍ぶ仮の姿という感覚になる。俳句の「俳」の字は、演じるとかおどけるとか、行きつ戻りつするという意味をもつが、完全に新妻であるというよりも、新妻の私と別の私を行きつ戻りつしながら生きているというほうが、現実に即している気がしている。

誰も追はずよ雪解川果て目指し　野口る理

俳句では、自分なんて忘れていい。断片でいい。俳句の私は自由で、新妻にも、雪解川にもなれる。自分探しに飽きた現代の若者にこそ、俳句はぴったりの詩型だと思うのだが。

第五章

母乳ってたんぽぽの色雲は春

——春

薄氷を踏んで

その日は曇天だった。前日の雨でぬかるんだ土にすくわれまいと足下を見つめながら、山道を踏みしめ進む。ついさっき、市役所のリノリウムの床をぺたぺた歩いていたブーツが、みるみる泥まみれになっていく。

立春の朝、夫と市役所に行き婚姻届を出した足で、二人して奥多摩へ向かった。俳句仲間と凍滝《いてだき》を見に行く約束をしていたのだった。凍滝とは、やや縁起が悪い気もしたが、〈後の世に逢はば二本の氷柱かな　大木あまり〉の厳然たる愛に憧れていた身としては、凍滝の前で二本の氷柱《つらら》として愛を確かめ合うのも、入籍の日の過ごし方として、悪くないと思った。

さりり、と音がする。薄氷《うすらひ》を踏んだのだ。曇天の光を淡く返す氷片に、昨夜の記憶がよみがえる。東京駅の居酒屋で、先輩俳人数人に結婚の報告をした際、「記念にここで一句」と求められ、〈春氷薄し婚姻届ほど〉と詠んで箸袋に書きつけた。灯に透ける婚姻届の薄さに美しさを感じつつ、はかなげで頼りなくも思っていた実感が句となった。

さらに、夫はマリッジブルーに陥っていた。世間では女性のマリッジブルーのほうが有名だが、結婚によって今の生活が変化する不安は男性も女性も同じ。自分で淹れたインスタントコーヒーの黒い水面を見つめながら「年貢の納め時、年貢の納め時……」とつぶやく夫の姿に、気分転換の必要性を感じて、奥多摩へ繰り出すことと相成った。ずんずんと山奥へ踏み分けてゆく夫の背中を見つめながら、〈抱きしめて凍滝溶かす身丈欲し〉と詠んでみる。私に、夫の心をほぐせるほどの包容力があればいいのに。

山道は残雪、苔の緑に雫が光り、よく見ればそこここに蘖《ひこばえ》も伸びている。そういえば登山が好きだった不器男にこんな景色を詠んだ句があった。

雪融くる苔ぞ楉ぞ山始　芝不器男

楉《しもと》とは細くまっすぐ伸びた若枝をさす。冬山を覆った雪も解け始め、山仕事を始める日、残雪のひまに、いきいきと輝く苔や若枝の緑を見つけた。白と緑のひきしまった色彩の対比に、早春の山のひんやりした空気が立ち上がり、「ぞ」の強い詠嘆が、春の訪れに弾む心を伝える。不器男の青春の若々しいエネルギーが、早春の草木を通して満ち満ちてくるようで、思い出したこちらの気分も少し晴れてくる。

二十五歳となったこの年の春、不器男は地元の名家・太宰家の文江と結婚し、婿養子となる。同じころに〈クローバーに春めく雪や日曜日〉といった句もあり、こちらはさらに明るくみずみずしい。婿養子で、しかも無職だった不器男にとって、結婚生活は楽しい場面ばかりではなかったろうが、クローバーに降る明るい雪の光を見つめながら、妻と過ごす日曜日は、新婚の夫にとって心やすらかなものであったと、妻としてはそう信じたい。

宴席の夜、私の春氷の句を見て、自分の箸袋にささっとペンを走らせた宇多喜代子さん。「はい、お返し」と差し出された箸袋には〈春氷そう易々とは割れぬ〉と一句が書かれていた。「大丈夫よ、頑張んなさい」と言われている気がした。

果たして、滝は凍っていなかった。前日の雨で解けてしまったらしい。拍子抜けしたような、ホッとしたような。そのころちょうど日も差してきて、春の滝は、やわらかな光を放ち始めた。

山を下りたあと、にわか雨を避けて喫茶店に入り、奥多摩の水で淹れたコーヒーを飲む。「おいしいね」と笑う夫の眉間は、いつの間にかほぐれている。そのとき、誰かが「虹、虹！」と声を上げた。外へ目をやると、本当に虹が出ている。入籍の日に虹なんて出来すぎだよ、などと言いながら、小さな喫茶店の小さな窓に、夫も私も、額を寄せてしばし虹を見つめる。そう、易々とは、割れぬ。まだ、春も、私たちも、始まったばかりだった。

わたしの子規

「シキ」とパソコンで打つ。変換すると、まず「子規」が出てくる。続いて「四季」。他にも、死期、指揮、士気……。どの言葉も、正岡子規その人に深く関わっている。四季は俳句にとって大切だし、子規は自分の死期を意識しながら、多くの仕事をした。そんな彼の病床には、たくさんの士気あふれる若者が集い、子規はその指揮をとった。このように考えると、百以上のペンネームを持っていた子規が、最終的に「子規」という名前に落ち着いたのも、必然のように思えてくるから面白い。

私の生まれ育った松山は、子規のふるさとでもある。小学生のころ、夏休みの宿題には、必ず、俳句の創作が課された。休暇明けに、子規を顕彰した俳句大会があって、市内の小学校はどこも、宿題で書かせた俳句を投句するのだった。だから、松山の小学生は、みんな俳句を作ったことがある。私も、もちろんその一人。百年前の子規が、今も影響を及ぼしているのだ。受賞作は、パネルに印字されて、商店街の大通りに、ずらりと掲げられる。商店街を通る大人は、子どもたちの作った句を指さしながら、あの句はいいね、この句はどうだね、と語り合う。松山は、そんな町だ。俳句がとても身近にある。

高校もたまたま、子規の母校だった。入学式の翌日、旧松山中学の講堂だった明教館で、学校の歴史についてのレクチャーがあった。講師を担当した日本史の先生は、子規や河東碧梧桐、秋山兄弟らの肖像画を指して、いかに由緒ある学校かを熱弁した。古い建物の室内だから昼でも暗く、それらの肖像画は、威圧感があった。学校の敷地内には〈行く我にとゞまる汝に秋二つ〉の句碑もあった。子規が上京する際、松山中学に赴任中の漱石に送った挨拶句である。そんなわけで、子規は、私の生い立ちの、常に身近にいた。しかし、どこか、昔の偉い人という印象はぬぐえなかった。子規は、私のまわりに、なんとなく存在しているだけだった。

そういえば当時、授業をサボっては、一人、学校の近くの川原でぼーっとしていた。水が照りながら流れていくのや、草が風になびくの、中州の木から鷺が飛び立つのや、橋を単線電車ががたごと通るのを、ただ見ているのが好きだったのだ。ちょうど俳句を始めたばかりだったので、時折ノートを開いて、思いついた句を書きつけたりもした。川原では、すべてのものが親しく感じられ、自然からも受け入れられている実感があった。水量の多い川ではなかったが、松山の明るい日差しが、その流れを眩しく輝かせていた。土手沿いに自転車を走らせると、川筋はおおらかに河口へとつながる。

その先には、やさしい瀬戸内の海があった。高校時代といわれて思いだすのは、あの川原である。

数年後、子規の句について書く機会をもらった。振り当てられたのは、次の句だった。

若鮎の二手になりて上りけり　子規

原稿の依頼状には、句と制作年次しか書かれていなかったので、まずは原典に当たろうと、岩波文庫の『子規句集』を開いた。明治二十五年に作られた俳句を端から見ていく。ああ、あった。この句だ。探し当てた句には前書きがあった。「石手川出合渡」。

私は、あ、と声を上げた。石手川とは、高校時代に足しげく通った、その川原だったのだ。子規が見た風景と、私の愛した風景が、重なっている。そのことに気付いたとき、はじめて、子規が、ほんとうに私の中にいる、と思った。

「いつ渡そ」の純朴

婚活中の友人とランチをした。バレンタインデーが近いね、例の彼との進捗状況はどう？　と聞くと、もう連絡をとっていないという。「それがさ、悪い人じゃなかったんだけど……」。水族館でクラゲを見ても「癒される～」、居酒屋でポテトフライを食べても「癒される～」、サッカー観戦をしても「癒される～」。そんなに癒されたいのかと毒づく彼女と、ちょっと早めの友チョコ交換を済ませて別れた。たしかに、「癒し」とか「ほっこり」とか、巷で擦り切れるほど繰り返される言葉には飽き飽きだから、もう少し実のある会話がしたいと願う彼女の切実な願いに、私も一票。

そんなことを考えながらコートを脱いでテレビをつけたら、福山雅治さんが大映しで「ほととぎすあすはあの山こえて行かう」と呟いている。どうやらタイヤ会社のコマーシャルで、福山さんが種田山頭火の俳句を朗読するという趣向らしい。最近、あれは短歌だったが、真木よう子さんが助手席に座って、与謝野晶子の名作「柔肌の熱き血潮に触れもみで寂しからずや道を説く君」をくちずさみ、運転席の男に「口説きなさいってこと」と艶っぽく迫る高級車の宣伝もあった。まさか、短詩ブーム、来ているのか。じっさい、十五秒の短いテレビコマーシャルと短詩の相性は悪くないはずで、ひとひらの言葉に凝縮された作品世界の深さ奥行きは、なかなか一朝一夕には出せない。

そこで、ぜひ製菓会社のみなさんにおすすめしたいのが、次の一句です。

いつ渡そバレンタインのチョコレート　田畑美穂女

意中の相手にいつチョコを渡そうかとそわそわしている心情が、セリフそのままに俳句になった。「渡そう」ではなく「渡そ」と話し言葉風になったところが、いかにもリアルでキュートだ。渡す機会を見計らっているのだから、本命の相手。義理チョコではこうはいかない。この句をアイドルの子がうつむきながら呟いて、カメラに向けてハート型のチョコをスッと差し出してくれたら……まあ、今年のバレンタイン商戦には間に合わないでしょうから、来年にどうぞ。

ちなみに、バレンタインデーは春の季語に分類されている。俳句の季節は旧暦で移り変わるので、二月四日の立春を迎えると、世の俳人たちは冬の歳時記を書棚に戻し、代わりに春の歳時記を鞄に収める。まだダウンコートを着てブーツで闊歩する寒さの中、俳人たちは歳時記の季語空間の中で、ひと足先に言葉の梅や桜とたわむれ、来るべき春本番をこいねがうのだ。言葉に世界が追いついてくる喜びは、他に得難いものがある。

そういえば、私にも「いつ渡そ」とそわそわした昔があった。小学校四年生のころ、社会科見学で浄水場をまわる際、ペアを組んだNくんにほのかな恋心を寄せた私は、はじめてチョコを手作りした。母に教えてもらい、湯せんで板チョコを溶かし、生クリームと混ぜて、丸くトリュフに仕上げる。決戦のバレンタインデー、中休み、昼休み、いつ渡そ、いつ渡そと思っている間に放課後が来て、Nくんは帰宅の途に。跡をつけたが、ついに声をかけることはできず、彼は自宅へ入ってしまった。これではただのストーカーだ。呼鈴を鳴らせばよかったのだが、意気地のない私は、結局郵便受けにチョコレートを投函して帰った。コツンと、底に届いた音がした。

ところが、帰ってから一大事に気付いた。手渡すつもりだったので、手紙も添えていなければ差出人も記さなかったのである。詩人パウル・ツェランは、敬愛するマンデリシュタームの言葉を引き継いで、詩というのは砂浜に流れ着いた壜の中の手紙、すなわち投壜通信のようなものだと書いた。いつか誰かの心の岸辺に辿りつくかもしれないと信じて、詩を書くのだと。まあ、詩や俳句なら差出人を知らなくても宛先が分からなくても問題ないわけだが、差出人不明の手作りチョコなど、誰が食べるだろうか。かくして私の投壜通信は、あっけなく砕け散った。　甘いチョコの、苦い思い出である。

三十歳になった私は、新宿駅の西口、雑踏のすみでゴディバのチョコレートドリンクを頼む。その名もダークチョコレートデカダンス。デカダンス＝退廃的とは、なんと素敵なネーミングだろう。カロリーが高いが魅惑的なチョコレートに、そして「いつ渡そ」の純朴なときめきを遠くへ置いてきてしまった大人に、ぴったりだ。

われに一つバレンタインのチョコレート　行方克巳

たった一つ、されど一つのチョコレートをもらって、喜びをしみじみ噛みしめている。この際、義理チョコでも嬉しいのである。後半の十二音は美穂女の句とまったく同じで、異なるのは上五のみ。互いのオリジナルは「いつ渡そ」と「われに一つ」だけだ。なのに、前者は女性の、後者は男性のバレンタインデーにおける典型的な感情が、それぞれに立ち上がる。

俳句は十七音しかない。個性を示すには短い気がするが、実は五音で十分なのだ。五音違いが大違い。その貴重な五音を、「癒される〜」で埋めるわけには、いかないのである。

一茶の旅は朧にて

愛媛県松山市には三津浜という港町があって、湾内ではいまだに渡し舟が運航されている。通称「三津の渡し」。八十メートルほどの距離を小舟で渡してくれるのだが、現在は市道なので乗船は無料だ。なんでも室町時代から存在するらしく、かれこれ五百年の歴史がある。最近はレトロな港町の風情がある観光地として、ひそかに人気だ。

私の実家からは自転車で十五分ほどなので、小さいころからよく利用していた。石段を下りたらひらりと舟に乗り移り、小さな椅子に腰を下ろす。舟べりから手を伸ばすと、触れられるほどに水面が近い。瀬戸内の穏やかな海光に照らされながら、約三分間、短い旅の気分を味わう。

寛政七年二月九日、一茶はこの三津の渡しに乗っている。


五日、松山を出て三里、三津浜、方十亭を主とす。

九日、人々と共に小深里の洗心庵に会。

汲みて知るぬるみに昔なつかしや　（「寛政紀行」）

舟で渡った先の洗心庵という尼寺で、松山滞在の最後に送別句会が開かれたのだ。もてなしたのは三津浜在住の松田方十。洗心庵のすぐそばには、方十が芭蕉没後百年の命日に建てた亀水塚があり、〈笠を舗《しい》て手を入てしるかめの水〉という芭蕉の句が埋められている。一茶が訪れたのは建立からわずか一年半後だったから、芭蕉の句を受けて「昔なつかし」と偲ぶとともに、方十への挨拶とした。

芭蕉の句では甕の水に触れたところまでが詠まれていたので、一茶はその場面を引き継ぎ、春になって水が温んできたことの喜びへと転じた。一茶の句に「水」の一字はないが、水にまつわる「汲む」という動詞が使われていることと、芭蕉の句を踏まえて詠まれたことを考え合わせれば、「水温む」という春の季語がおのずと浮かび上がってくる。もしかしたら一句を成すのに、渡ってきた三津浜の海の明るい水の印象も手伝ったかもしれない。

十五歳で故郷・信濃から江戸に出た一茶は、二十歳のころから俳諧を学び、三十歳の春、西国へ足かけ七年の俳諧修業の旅に出る。松山に立ち寄ったのは、この西国行脚の途上だった。私も二十九歳、江戸出立の一茶と同じ年齢になった。新進俳人としての一茶の気負いも、切実なものとして身に迫る。そもそも論語に「三十而立（三十にして立つ)」の一節があるから、古来から三十歳というのは自らの身の振り方を真剣に考える年齢なのだ。そんな而立の一茶は、松山に足を踏み入れたとき、こんな句も詠んでいる。

朧《おぼろ》くふめば水也まよひ道

あての住職を訪ねたところすでに他界しており、宿を断られて途方に暮れたときの句だ。「迷ひ道」という言葉には、単にその夜の宿に困っているだけではなく、わが人生の不安定な在り様をやるかたなく思う一茶の逡巡が読み取れる。水を踏んだ足元の頼りなさが、行く先への心細さを引き連れてくる。

そういえば、数年前はじめて信濃を訪れたとき、地形も気候も光の量も、松山と風土が全く違うことに驚いた。たとえば、松山は海に面した平野で高い山もないが、信濃には聳え立つ山々があるので、そのぶん空も高くなる。一茶は私とは逆のベクトルから、同じように、故郷と違う景色に驚き刺激されながら旅をしたはずだ。

水流れ鳥鳴き柳二三尺

後年まで親交の続いた松山の俳人・栗田樗堂《ちよどう》とはじめて巻いた連句で、一茶が詠んだ発句である。きれいな小川の流れ、鳥のさえずり、川端の芽吹きはじめた柳もはや二三尺に伸びて、松山は本当に暖かでよいところですねと、土地褒めの思いを述べた。「流れ」「鳴き」と連用形でつらつらと繋げていくことで、一句の形からも、流れてゆく水の滑らかさや光の溢れる様子を感じ取ることができる。

と、ここまで書いて、取り上げた三句のどれもに水が詠まれていることに気がついた。あるいは、一茶にとって松山は、非常に水の印象の強い土地だったのかもしれない。若いころの旅ゆえか、句も文章も多くは残っていないが、彼が松山で過ごした時間の手触りを、一句に詠まれた水の輝きやあたたかさが物語っている。では最後にもうひとつ、あたたかい水を詠んだ句を。

道後温泉の辺《ほと》りにて

寝ころんで蝶泊《とま》らせる外湯《そとゆ》哉

湯舟という舟

まず手始めに、最近、俳句の講座で出したクイズをひとつ。次のうち、春の季語はどれでしょう。

①就活　②婚活　③独活　④終活

就職活動、結婚活動……はやりの略語を並べてみた。友人に質問してみたところ、一番多かった返答は①の就活だ。残念ながら就活は季語ではないが、春になると、リクルートスーツ姿の若者をよく見かける。「富士には、月見草がよく似合う」とは太宰治の「富嶽百景」の一節だが、リクルートスーツには桜がよく似合う。紺のスーツと束ねた黒髪に、うすもも色の桜が散るさま、いとをかし。

私もかつて、某公共放送系出版社の入社試験を受けたことがある。面接で趣味は何かと問われ「テレビCMの鑑賞です」と答えたのも、いい思い出だ。もちろん落ちた。そういえば、CMは民放でしか流れないのであった。帰り道、街頭の巨大画面の中では、アイドルが「明るい未来に就職希望だわ」と歌っていた。一度しか袖を通さなかったリクルートスーツは、今もクローゼットの端に吊られている。

俳人の「俳」という字は、人に非ずと書く。社会〝人〟になれなかった私は、晴れて俳人となった。

深川に遁世し、みちのくの旅へ出た松尾芭蕉を筆頭に、俳人はかねてより、社会と少し離れた場所から、自然とたわむれ旅にさまよいつつ、世界を見つめてきた。生活の安定も財力もないが、時間だけはある。さんさんと日の降り注ぐ縁側で、歳時記をめくって俳句を考える午後は、私にとって至福のときだ。

ちなみに冒頭の問いの正解は③の独活、春の山菜のウドである。友人のA子は「婚活の反対で、ドッカツ、独身活動かと思った!」と笑う。夫と離婚して独身になるために、いろいろと努力することだと勘違いしたらしい。独身活動、さもありなん。そういえば、ウドの大木なんて言葉もあったっけな。私はというと、二年前に結婚したばかり。まだ、ドッカツとは無縁でいたいのだが。

その結婚がきっかけとなって、ひょんなことから郊外の一軒家に住むことになった。築数十年の古い家だけあって、風呂場になめくじは出るわ、押入は妙に黴臭《かび》いわ、庭には毒々しい真っ黒な実をつける巨大植物がはびこっているわで、あちこちガタが来ていたが、腐っても鯛、黴びても一軒家。それまで住んでいた都心のワンルームに比べれば格段に広かったし、新婚の新居ということで、気持ちは浮き立っていた。

なめくじも黴も夏の季語なのだから、いっそ俳句に詠んでやろうじゃないか。自宅にいながらにして、吟行ができると思えばいいのだ。狭いが深さだけはある空色の浴槽に、屈葬のように膝を抱えて浸かりながら、壁を這うなめくじを血眼で観察していた当時の私は、間違いなく危ない目をしていただろう。

心が折れたのは、料理をしていたある夜のこと。とうに耐用年数を過ぎたキッチンでは、三つあるガスコンロのうち、まともに火が点くのは一つきり。ある日、ししゃもを焼こうと点火ボタンを押したら、上方へ出るべきガスの火がなぜか横から噴いて、着ていたTシャツの臍のあたりがちょっと焦げた。命の危険を感じた私は、水回りのリフォームを決意した。

工務店を探し、部屋を片付け、着工したのは年明けのこと。「桜が咲くころには完成しますよ」と、営業のKさん。まさかこの一か月後、記録的な大雪により部品工場の屋根が落ち、キッチンの納期が大幅に遅れることになるとは、まだ知る由もない笑顔だ。

二階に住みながら一階をリフォームすることにしたので、何よりもまず、浴室を仕上げてもらうことにした。そうすれば、工事中でも風呂には入れる。銭湯は遠く、湯冷めが心配だった。

雪の降る寒い夜、タオルと着替えを抱えて真っ暗な一階に降りる。ぼろぼろの断熱材がむき出しの壁に、床板が剝がされて土が丸見えの足もと。サンダルに履き替えて、おそるおそる、風呂場の前まで歩む。電気をつければ、完成したばかりのシステムバスに、煌々と灯がともった。まるで、荒廃した大地に不時着した、小さな宇宙船のようだ。郷里を離れ、都心からも離れたこの地で、夫と二人きり、闇に浮くピカピカの湯舟に浸かる。湯舟という舟は、私たちをこれ以上、どこへも運び去りはしない。

人体工学にもとづいた流線型のバスタブに、ふわふわと体を添わせながら「これで良かったんだよなあ」と呟く夫。「これ」とは、リフォームのことか、結婚したことか。問い直すことはせず、「良かったんだよ」とほほ笑む私。この湯舟が、私たちの「明るい未来」なのだ。たしかに、LED照明が明るいことは明るかった。

大学通りの桜並木が満開になったころ、リフォームは完工した。私は相変わらず、原稿を書いたり散歩をしたり、教室で俳句を教えたりして過ごしている。最近、縁側に近所の猫が遊びに来るようになった。首輪には「オトキチ♀八歳」と書かれている。お前、女の子なのにオトキチっていうのかい。猫はちらりとこちらを見ると、就活とも婚活とも無縁の顔で、大きなあくびをする。

つばめつばめ

つばめつばめ泥が好きなる燕かな　細見綾子

春の歳時記を繰っていると、ついつい、この句に目が留まる。好きな句なのだ。いや、正確に言えば、私は、燕が好きなのである。その燕の性質をぴたりと言い表しているから、この句が好きでたまらない。燕の、まっすぐに飛ぶ一生懸命な姿には、心打たれるものがある。

細見さんは〈そら豆はまことに青き味したり〉〈ふだん着でふだんの心桃の花〉といった直球の句を作る人だった。この燕の句もそうだ。「泥が好きなる」は、巣をつくるために、泥をつまんでは運んでいく様子を言いなしたのだろう。泥が好きだと思えるくらい、繰り返し泥を訪れる姿に、燕の一生懸命さが表れている。

細見さんは、この句で「つばめつばめ」と、繰り返し燕に呼びかけている。それを見て、ああ、彼女も燕が好きだったんだろうなあ、と共感する。

そういえば、小学生の頃、燕の観察日記を書いたことがあった。門の屋根に燕が巣を作るので、ある年、夏休みの理科の自由研究として取り組んだのだった。

まだ目の開いていない生まれたての雛は、手を叩くとぴいぴいと反応し、か細い首を懸命に伸ばす。親鳥が来たと勘違いして、餌をねだっているのだ。面白くて何度も手を叩いていると、雛たちの声が、だんだんかすれてくる。そのとき、何か弄んではいけないものを扱ってしまった気がして、バツの悪い気持ちになった。そう、あれは、一生懸命とか生きるとかいう必死を、目の当たりにした経験だった。

そんな燕の巣を、ある年、猫が襲った。巣の下にあったトラックを踏み台にしたらしい。巣の卵は、全て落ちて割れてしまった。今でもその卵に濡れた跡が、コンクリートに残っている。その染みを見るたび、割れた卵の上を幾度も飛び交っていた親鳥の声が思い出される。あの親鳥は、またどこかで新しい巣を作ったのだろうか。作っていてほしい。

もうすぐ、燕の季節だ。青空を仰ぐと、燕に会いたくなる。燕が来たとき、違う燕だと分かっていても、まるで記憶の中のすべての燕が来てくれたようで、すごく嬉しい。

光る水か濡れた光か燕《つばくら》か　紗希

ネーミングの妙

春服が欲しくて、ショッピングに出かけたときのこと。あざやかなコーラルピンクのコートが気に入って、はおってみることにした。

すると、店員さんが「そのコートにぴったりのパンツがあるんです」と、店の奥へ。あ、これは、あわよくばついでに買ってもらおうということだな。そもそも、いつごろからズボンをパンツと呼ぶようになったのだろう。パンツって、下着のことじゃなかったっけ。だからなのか、なんとなく、ズボンのことをパンツと呼ぶのは恥ずかしいなあ。でも、パンツというほうがはやりの呼び方なんだから、実は、ズボンって呼ぶほうがダサくて恥ずかしいのかしら。そんなどうでもいいことを考えていると、

「こちらです、一緒に穿いてみてください。きっとお似合いですよ」と店員さん。

差し出されたのは、カジュアルなジーンズ。試着してみると、なんともゆったりして穿きやすい。「いいですね、このズボン（やはりパンツとは言えない）」というと、店員さん、嬉しそうに「そうでしょう！　これ、ボーイフレンドジーンズっていうん

です」。え、ボーイフレンドジーンズ？　なんでも、彼（＝ボーイフレンド）のジーンズを借りて穿いているような、無造作でゆったりしたデザインのジーンズを指すらしい。格好が決まりすぎないので、おしゃれなのだという。私はなにより、そのネーミングセンスに驚愕した。「ゆったりジーンズ」とか「だぼだぼジーンズ」とか、そんな名前なら誰も買わない。でも、「ボーイフレンドジーンズ」というと、とても魅力的ではないか。結局その日、コートは買わず、そのジーンズを購入した。架空のボーイフレンドを手に入れた帰路は、うきうきと明るかった。

ネーミングの妙を感じる機会は、ほかにもある。たとえば飲食店のメニュー。「揚げたてさくさくコロッケ」とか「朝採れ卵のふわふわオムライス」とか書かれていると、「コロッケ」「オムライス」だけよりおいしそうに見える。名前をつけるのにコストはかからないのだから、工夫しだいで、売上げも大きく変わるだろう。たかが名前、されど名前なのである。

怖い、怖い

　数年前、俳人たち数人で、松島に旅したときのこと。陸地から小島へ渡るために、短い橋を通らなければいけないくだりがあった。その橋はずいぶん古く、足場として敷かれた板と板の間には隙間があり、そこから下の海の景色がよく見えた。メンバーの一人だったMさんは高所恐怖症らしく、橋の前でしばらく、渡るのを渋っていた。「みんなすごいわねえ、こんな怖いところすいすいと渡れるなんて」とMさん。すると、すでに渡り切っていたYさんが、振り向きざまにこう言った。「こんな橋、たいして怖くないわよ。東京の電車のホームのほうが危ないわ。柵もなんにもないところを、いきなり特急列車が通過したりするんだから。鞄が引っ掛かったらと思うと、よっぽど怖い」。

　なにを怖いと感じるかは、人によって違う。動物ひとつとっても、犬がだめな人、蜘蛛がだめな人、鳥が怖いという人もいる。私はわりと蛇が好きで、地元の動物園に行くと、いつもまっさきに蛇舎に向かったものだが、一般的には嫌いという人のほうが多いだろう。

心理学の本によると、恐怖というのは、人間の感情の中で、歴史上いちばん早く生まれたらしい。まだ人間が野生動物の脅威にさらされていたころ、恐怖というのは、己の身を守るための大切な感情だったという。高所恐怖症も、蛇も蜘蛛も、怖いというのは結局、その先にある死が怖い、ということなのだ。

怖さの話題でもうひとつ。アルバイト先の店主が、最近、バンジージャンプに行きたがっている。一緒に行こうと誘われたので、断固拒否すると、なんで？と不思議がられた。「逆に、なんでバンジージャンプがしたいんですか」と聞くと、「バンジージャンプを飛んでおけば、ここぞというときに、あのとき飛べたんだからこの状況も乗り切れるって思えるでしょ？」という。ああ、典型的な体育会系の思考スタイルだ。私は「そんな風に考えられない、バンジージャンプで頑張るくらいなら、その頑張りをここぞというときにとっておきます」と言い張り、平行線。

さあ、私と店主、どちらが正しいか。その答えは〈ここぞ〉が来てみないと分からない。

本当はどっち

近頃、やけに眠たい。春だからだろうか。花粉症の薬のせいだと思い、飲むのをやめてみたが、それでもやっぱり眠い。

しかし、よくよく自省すると、春でなくても、よく眠るほうだと思う。

受験シーズンには困った。いい目覚ましはないかと友人に聞いたら、皆「コーヒーが効くよ」という。私はコーヒーが飲めなかったが、目が覚める薬だと考えて、試験の前日などは、我慢して飲むことにした。しかし、そんな夜でも、ことごとく眠ってしまうのである。あまりに効果がないので、慣れる間もなくやめてしまった。結果、今でもコーヒーが飲めない。

そもそも、花粉症の薬やコーヒーのせいにしている時点で、自力で起きようという意志が弱い。おそらく、眠気の原因は、その辺の自堕落な精神にあるのだろう。

私の場合、あんまり眠りが長いと困る。それだけ長い夢を見るのだ。毎晩何かしら夢に出てくる。内容も一大スペクタクルで、「一炊の夢」のような一生の夢を見ることもある。起きてくたくたになっているとき、一体どちらが本当の世界なのか、ふと自分でも分からなくなる。

夢の国で流した涙がこの現実につながり、やはり私は口惜しくて泣いているが、しかし、考えてみると、あの国で流した涙のほうが、私にはずっと本当の涙のような気がするのである。

（太宰治「フォスフォレッセンス」）

この短編は、原稿を催促しにきた編集者が、口頭で喋った太宰の言葉をそのまま筆記したという、一風変わった小説である。夢の世界の不思議が実感とともに書かれているのだが、口承のため文体がふわふわしていて、夢のように断片的なのが面白い。「本当の涙」という言い方は至言で、夢の世界は、たしかにそちらが本当だと思わせるような、有無を言わさぬ説得力を持っている。目が覚めて夢の輪郭を忘れた瞬間、何か大事なものを失ってしまったような、取り返しのつかない気持ちになるのだ。

春の夢みてゐて瞼ぬれにけり　三橋鷹女

春眠、朝寝、春の夢。今日は一体、どんな夢を見るだろうか。

愛は奪ふべし

ふつうの社会人は、朝、ニュース番組の占いに一喜一憂したり、NHKの朝ドラのヒロインに元気をもらったりして、出勤の準備をするのだろう。ところが私の場合は、いわゆる昼ドラを見て出勤するのである。

大学での研究だけでは食べていけないので、週に数日、小料理屋でアルバイトしている。六年前からお世話になっている、俳人ゆかりの小さな店だ。学問を生かせる塾講師なども試してみたが、どうも性分に合わない。勉強したくない子どもに無理やり模試を解かせるよりも、美味しいものを飲んで食べて、人が喜んでいるのを見るほうが楽しい。

開店時間は十七時半。準備のために、十五時前には出勤する。家を出るのは十四時ごろだ。昼ドラの時間帯は、だいたい十三時半〜十四時の三十分。ちょうど、身支度をして、家を出るまでの時間に重なる。

昼ドラの面白さは、毎日何かが起きるところだ。一日のうちに誰かが喧嘩をふっかけ、一週間のうちに誰かが刺され、一か月のうちに子どもが増えている。お決まりの「〇〇年後」というテロップが出ると、ゆでたまごも剝けなかった若妻が老舗旅館のおかみになっていたり、捨てた恋人が新進気鋭の起業家になっていたりする。

とんでもない展開が続いても面白く見られるのは、主人公のたくましさが快いからである。昼ドラの主人公は、どんな逆境でも強く生き抜くタフな女性が多い。「あたい、負けない」と言って目をらんらんと輝かせる女優を見ていると「私も頑張る！」という気持ちになる。大人のための少女漫画といえばわかるだろうか。

鞦韆は漕ぐべし愛は奪ふべし　三橋鷹女

センセーショナルな句だ。鞦韆《しゅうせん》とは、ぶらんこのこと。「愛は奪ふべし」だから、恋の相手にはすでにパートナーか思い人がいるようだ。ぶらんこを漕ぐうちに気分が高まったのだろう、奪ってしまえばいい、そんな強気が、一瞬頭をよぎった。

この句を読むたび、昼ドラっぽいと思うのだが、その理由は、劇的であることに加えて、ひたむきな女性像が浮かんでくるからだろう。幸せから遠いところで、必死にあがいている。彼女も、ぶらんこを降りたら、きっとふつうの女なのだ。誰の中にも、激情はある。

すすめ――

井上ひさしさんの訃報記事の見出しが、「ひょっこりひょうたん島の井上ひさしさん死去」となっていて、いささか驚いた。その後の脚本・作家活動のイメージが強かったので、「ひょっこりひょうたん島の」と形容されていると、少し違和感があったのだ。しかし、裏を返せば、「ひょっこりひょうたん島」という作品が、ある時代、それだけインパクトの強いものだったということの表れなのだろう。

かくいう私も、幼いころ、テレビで再放送を見た記憶がある。すでにアニメ全盛期だったので、人形劇であるひょっこりひょうたん島は、ちょっとだけ古めかしく映った。それでも、冒頭のテーマ曲は好きだった。ひょうたん島が虹をくぐって、水平線へどんどん小さくなっていく。見るたびに、ほんのり切ない気持ちになったものだ。

考えてみれば、漂流ものは、少年文学に欠かせない伝統的なテーマだ。ジュール・ヴェルヌの『十五少年漂流記』、ウィリアム・ゴールディングの『蠅の王』、楳図かずおの漫画『漂流教室』もこの類だろう。

漂流ものは「大人の助力に頼らずに生きていく世界」の象徴として、少年文学と相性がいい。漂流先には、よくも悪くも彼らを庇護する大人がいない。少年たちは、試行錯誤しながらも、互いの特性を活かし、たくましく生きていく。その姿に、読者である少年たちも、共鳴して胸おどらせるのだろう。

朧夜のベッド大陸移動説　仲寒蟬

どこまでも茫漠とした朧夜《おぼろよ》に、一人ベッドの上で寝転がり、大陸移動説について考える。すると、自分の寝ているベッドが、一つの大陸のように思えてきて、そこに乗る自身も、漂流者のような気分になる。考えてみれば、人生も、漂流のようなものかもしれない。

「くるしいことも　あるだろさ／かなしいことも　あるだろさ／だけど　ぼくらはくじけない／泣くのは　いやだ　笑っちゃおう／すすめ」（作詞・井上ひさし、山元護久　作曲・宇野誠一郎）。ひょっこりひょうたん島の歌詞だ。漂流した状況を歌っているのだが、それがそのまま、人生の応援歌になっている。すすめー。呟くと、少し前向きになる。

すすめー。

極楽の寝息

朝のリビングは早春の光に満ちていた。出産のための里帰りを二日後に控え、荷造りも万端。私は窓際のソファーに横になって、臨月間近の胎《はら》をさすりながら、スマホで動画を検索していた。前日のテレビ番組で見た、お笑いコンビ・オリエンタルラジオの「パーフェクト・ヒューマン」というネタだ。お笑いなのに、ラップに合わせてただかっこよく踊るだけという斬新さに、夫も私も度肝を抜かれたのだった。

小さな画面の中で、小首をかしげて〝完璧な人間〟を気取るコメディアンの姿にニヤニヤしていたら、眩しい窓にあやしい人影がよぎる。ハッと飛び起きて窓を開けると、そこには見慣れた夫の顔が。そういえば庭の草取りを頼んでいた。「どうしたの」と驚く夫に「あなたかあ」と笑い返した瞬間、股間に生あたたかい感触が広がる。破水したのだ。いよいよ、ヒューマンが生まれてくる！

担架から仰いだ青空は、よく晴れていた。予定していた里帰りも憧れの無痛分娩も泡と消え、私は帝王切開を受けるために、知らない病院の手術台にのぼった。手術の同意書やら出産後の入院申込書やらにサインするため、外で待機していた夫がいったん入室してくる。見ると、手にはコンビニの袋が。

私の視線に気づいた夫は「朝から何も食べてなかったから……せっかくだから、赤飯のおにぎり買ってみた」と照れくさそうに報告する。これから腹をかっさばかれる妻と、赤飯のおにぎりで腹を満たす夫。なんと呑気なのだと呆気にとられつつも、普段は記念日や祝い事に頓着しない彼が、赤飯という儀礼的な食を選んだことが、可笑しく嬉しかった。これからの一大事において蚊帳の外に置かれてしまう夫の、これがきっと精一杯の出産の共有なのだ。

帝王切開は麻酔をかけるから、手術中は痛くないのだと思っていたが、甘かった。切った穴から赤子を押し出すために、ぐいぐいと内臓を押すので、かなり苦しいのだ。私の苦悶の表情を見かねて、麻酔科医のお兄さんが「大丈夫ですか」と優しく声をかけてくれたので、ここぞとばかり「痛いです」と訴えると、すかさず「麻酔効いてなかったら失神してるから」とニッコリ。そりゃそうですよね。ぐいぐい、ぐいぐい。切った腹部が見えないように、胸のあたりに目隠しのカーテンが引かれているのだが、天井を見ると、照明器具の金属部分が鏡となって、ばっちり赤いものが映り込んでいる。つめが甘いよ。ぐいぐい、ぐいぐい。

ああもう駄目だと思ったとき、いつものあれをやることにした。遠山に日の当りたる枯野かな、トオヤマニヒノアタリタルカレノカナ……。高浜虚子の寂寞たる一句を呪文のように繰り返す。注射器で血を抜かれるときなど、気をそらすのに案外効くのだ。意味のある俳句では興奮して雑念が育つので、できるだけ薄味の俳句がいい。カチャカチャと器具のかち合う音が枯野をゆく川音に、強くたかれた照明が遠山を照らす冬日に、私の呼吸は空を渡る木枯に、つむったまぶたの裏で変換されてゆく。

こういうとき、俳句は役に立つ。枯野の果てに、弱々しい産声があがった。

落ち着いて息子と対面したのは出産の二日後。NICUの透明なコットの中で、鼻にチューブを通されて、ふうふう息をしている小さな体。特殊な眼帯をかけて、黄疸《おうだん》治療の青い光を浴びる姿は、どこか遠い星から来た生物のようだ。主治医の先生から、早産だったため、肺の機能がやや未成熟だと説明を受けた。「眠りが深くなると、呼吸を忘れる傾向にありますので、もう少し経過をみますね」。呼吸を忘れちゃうなんて、遠足にハンカチ忘れていくのとはわけが違うんだぞ、息子よ。生まれてきたのもフライングだったし、少しおっちょこちょいなのかもしれない。

その夜、下腹部を真一文字に横断する十四センチの傷が、眠れないほどぎゅうぎゅう痛むのに耐えながら、自分の呼吸を数えてみる。ひと呼吸、ひと呼吸。私たちは生まれたときから、無意識のうちに、いちどきも忘れず呼吸をしているのだ。人間は呼吸忘れず、これで十二音。下五に合わせる季語を考えていたら、気が紛れて、いつの間にか眠りに落ちていた。やはり俳句は役に立つ。

虚子は俳句を「極楽の文学」といった。世の中には、人生の苦しみを直接描いた「地獄の文学」もあるけれど、俳句は花鳥風月に心を寄せることで、その苦しみを一瞬でも忘れさせてくれる極楽の文学なのだ、と。極楽の文学とはお気楽なひびきだが、虚子はその根底に、地獄、つまり人生の辛酸を見ていた。地獄があるからこそ、極楽、つまり一頭の蝶や一輪の花の美しさが、かけがえのないものとして心をとらえるのだ。じっさい、私が痛みの中でつぶやいた虚子の句の枯野は、ただ静かに輝いていた。

産後半年。あんなに辛かった出産の痛みも忘れて、私たちが日々呼吸を忘れないことも忘れて、認可保育園入園応募の書類の束を整理している。復帰した仕事と押し寄せる雑事をこなしながらの資料作成は、まさに地獄そのもの。しかも、職業欄に書かれた「俳人」の二文字がどう見ても胡散くさくて、落ちる予感しかない。当の息子は、こりゃ極楽といわんばかりの満たされた表情で、気に入りのカエルの人形と寝息を立てている。夫譲りの下がり眉も、私譲りの控えめな高さの鼻も、パーフェクト・ヒューマンには程遠いが、まあ、呼吸を忘れていないだけ、よしとしようか。

少し切り株

俳句と出会ったのは、高校一年生のとき。たまたま観に行った俳句甲子園に、心をわしづかみにされた。それまで目にしていた教科書の俳句がクラシックなら、同世代の高校生の俳句は、ロックやポップス。進路選択の悩みや恋愛の鬱屈、青春の今が十七音に弾けていた。私も、自分の今をこの詩型で詠んでみたい、もっと現代の俳句を読んでみたい、と駆り立てられた。

いつの生《よ》か鯨でありし寂しかりし　正木ゆう子

そのころ、はじめて手にした句集にこの句を見つけた。前前前世、いつだったか忘れたけれど、私はかつて鯨だった、あのときは寂しかったなあ……覚えているはずのない輪廻の過去に、海原をたゆたった孤独の寂しさを、ほのかに思い返している句だ。「ありし」「寂しかりし」と過去形で呟きながら、今の人間としての生も、どこか寂しがっているよう。かつての自分として鯨を選んだところに、作者の本質が現れている。この人は今でも、少し鯨なのだ。

高校時代、同じころにもう一つ、出会って忘れられないのが次の句。

後の世に逢はば二本の氷柱かな　大木あまり

生まれ変わった後の世に、もしあなたと私がもう一度出会えるなら、そのときはきっと、二本の氷柱として隣り合っているでしょうね……りんとした恋の句だ。氷柱が、きらきらと寒さの中で輝き合い、いつか日ざしに溶けてなくなってしまうみたいに、今の二人もまた、氷柱のように厳しく美しい恋をして、はかない生を生きている。輪廻の過去に鯨を見たゆう子と、未来に氷柱を望んだあまり。今を生きる二人の中にも、鯨がいて、氷柱があるのだ。俳句は何にでもなれる。さて、私の中には、何が棲んでいるのか。

産み終えて涼しい切り株の気持ち　紗希

出産を終えての句。辛い妊娠生活が終わった解放感を涼しさに、子を切り離して身二つとなった寂しさを切り株に託した。今の私は、少し切り株である。

いまさら純潔

子どもを産んでから、よく「母になってどんな変化があった？」と聞かれる。俳句に向き合うスタンスや作る俳句に、おのずと変化が現れるのでは、と考える人が多いようだ。

当人の意識としては、出産しようがしまいが私は一貫して私なのだが、期待を裏切るのも悪い気がして、もごもごと歯切れの悪い答えを返すことに。変わることよりも、変わらないでいることのほうが、存外難しい。

女子高生らしさ、妻らしさ、母らしさ、女らしさ……どんなライフスタイルを選び取ろうとも、女性の素顔を「らしさ」の霧が隠そうとする。波乱万丈の半生を俳句と生きた鈴木しづ子もまた、娼婦俳人というレッテルに苦しんだだろうか。それとも、夏みかんを齧って笑い飛ばしたか。

『夏みかん酢つぱしいまさら純潔など』（河出書房新社）は、しづ子の二冊の句集をまとめた一書だ。戦中戦後の混乱の中で、彼女は自らの恋や人生を俳句に投影し続けない。生活が変化する中で詠む素材は変わっても、しづ子自身の率直な姿勢は変わらない。一貫してまっすぐな彼女の言葉は、時代をこえ立場をこえ、力強く私を励ます。〈娼婦またよきか熟れたる柿食うぶ〉の開き直り、〈コスモスなどやさしく吹けば死ねないよ〉の切ない笑い涙。泣かなければ可愛くないと責められ、泣けば「これだから女は」とまた責められ、そんなときには〈涕《な》けば済むものか春星鋭《と》くひとつ〉と、うるんだ星を見据える芯の強さを。それでもやっぱり辛いときは〈風鈴や枕に伏してしくしく涕《な》く〉と、一人の時間に涙を流す許しを。

女として生きることの困難が詠ませた真剣勝負のしづ子の句は、この世界に生きる女たちが日々呑みこんでいる声なき声を、夏みかんのように爽やかに、熟柿のようになまなましく、十七音の極小の器にうつしとる。

〈好きなものは玻璃薔薇雨駅指春雷〉。きらきらと壊れやすいものを愛したしづ子は、どこまでもしづ子のままだ。私も、私のままで詠みたい。

鮫と兎とマンボウと

「ママ好きなのにーって、言わないよ」

宮崎へ発つ朝、二歳の息子が私の足もとに抱きついて言った。そのひとことには、ママが好きだということ、それなのに自分を置いて出かけてしまうのはさみしいこと、でもそれを「言わないよ」と我慢していること、複雑な気持ちが凝縮されている。私は彼の頭をぐりぐり撫でて、あした帰るからね、と手を振った。

鵜戸神宮を訪れたのは、その日の午後。車から降りると、大きな朱塗りの鳥居が、どどんと立っている。立派なお宮だ。そのそばには南国らしく、立派な棕櫚の木が二本伸びて、葉はがさがさと鳥居をくすぐっていた。

鵜戸神宮もまた、神話にルーツを持つ神社だ。兄・海幸彦の釣り針を探しに龍宮へ行き、海神の娘・豊玉姫と結ばれた山幸彦が、身重になった姫のために産屋を作ることになった。急ピッチで作業を進めたが、産気づくのが早く、鵜の羽で屋根を作り終わらないうちに、御子は生まれてしまう。この子が初代神武天皇の父・ウガヤフキアエズだ。鵜の茅を葺き合えぬうちに……ハプニングそのまんまのネーミングである。産屋の場所は、海に面した断崖の洞窟の中だったそうで、今もその冷たい暗がりに本殿が鎮座している。

豊玉姫は、いざ産屋に入る際、山幸彦に「お産中は絶対に覗かないでください」と釘を刺した。にもかかわらず、やはり山幸彦は禁忌を犯してしまう。そこにいたのは、産みの苦しみにのたうち回る大きな鮫。本来の姿に戻った豊玉姫だった。飯島晴子に〈葛の花来るなと言つたではないか〉という句もあるが、なぜ人は、ダメと言われると、うずうずしてくるのだろうか。約束を破ればすべてが破綻してしまうかもしれないのに、それよりも、知りたい気持ちを優先させてしまう。人間の好奇心のたくましさは、神話の昔から変わらない。

そういえば、うちの息子が生まれたのも、予定日より一か月ちょっと早い朝だった。愛媛の実家に里帰りして出産するはずが、東京の自宅で破水して見知らぬ病院に運ばれ、緊急帝王切開を受けることに。手術室を夫に覗かれることはなかったが、下腹部をばっさり切られた術後の痛みはものすごく、ベッドとトイレをへろへろと行き交う姿は、とても愛する者に見せられるものではなかった。いわんや、鮫の姿を覗かれた豊玉姫をや。姫は恥ずかしさのあまり、産んだ息子を陸へ置いたまま、海の国、つまり実家へ帰ってしまった。生まれたばかりの乳飲み子を残され、山幸彦もさぞ慌てただろうが、あんたそりゃ自業自得だよ、同情の余地なし、である。

ところがどっこい、豊玉姫はやはり母だ。子どもを育てるにはお乳が必要だろうと心配して、みずからの乳房を、なんとその洞窟の岩にくっつけて去っていったのである。じゃあ本体の豊玉姫のほうはどういう状態になっているのかと気になるところだが、これが「おちちいわ」として本殿のそばに残っており、じんわりぽつり、またぽつりと、今もなお清水を滴らせている。取り外しできる乳房、なんと素晴らしい。私の乳房も、ブラジャーのように取り外せたなら、あの授乳中の不自由な日々も、もう少し肩の力を抜いて過ごせただろう。

「ほら、この角度からご覧なさい」宮司の指示に従って屈んでみると、ゆたかにふくらんだ岩の先に、乳首らしきとんがりが並んで見える。暗がりを抜けたところには、雫を集めたお乳水が張られていて、口にふくむと、冷たい水は心なしか、ほんのりと甘かった。

本殿の洞窟を出ると、とどろく波音が迫る。激しく波しぶきのぶつかる断崖を見下ろすと、亀石なる巨岩が。身重の豊玉姫を乗せてきた亀は、姫がすでに海へ戻ったことを知らず、今も岩の姿となって、ずっとここで待っているのだという。出産のバタバタで亀にまで伝言できなかったのはしょうがなかったとはいえ、千年以上も放置しておくとは、ちょっと酷ではないか。亀の一途に、胸がぎゅっとなる。

なんでも、亀石の背中の窪みに「運玉」なる陶片を投げ入れて、見事入ると願いが叶うのだそう。宮司曰く「入れ！　と願ってはいけませんよ。入った瞬間に、願いが叶ってしまいますから」。な、なるほど。ついつい心の中で、入れと念じてしまいつつ、五粒ずつてのひらに握りしめて、みな次々に挑戦する。ところが、あるいは窪みのふちに弾かれ、あるいはまったく見当違いの方向に飛んでゆき、結局、成功させたのは一人だけであった。まあ、その他は自力で頑張れということだろう。

帰り道、ぴょんと揃えた手の甲にお賽銭を載せられているうさぎを見つけて、「頂戴って言ってるみたいだね」と笑い合う。そのとき私はとても身軽で、置いてきた息子のことをすっかり忘れている。子どもがそばにいなければ、おぼろげにぼやけてしまう、母としての私の輪郭。手の届かない陸へ息子を置いてきた豊玉姫もまた、軽くなった胸をさすりながら、海面の光の彩を仰いで、母だったことをふと思い出す日があっただろうか。

お宮を出たところの土産物屋で、息子にタオルハンカチを買った。この四月から保育園でハミガキが始まるので、ミニタオルを持参してください、と言われていたのだ。鮫は見当たらなかったので、マンボウの柄に。私が母であることのささやかな証明として、旅荷のリュックの底にしまった。

あたしお母さんだけど

朝四時半。野菜とベーコンを刻んでスープを作り、前夜にまわしておいた洗濯物を浴室に干す。外はまだ真っ暗だ。保育園の着替えや連絡帳を用意し、仕事の資料を荷物に突っ込んだら、ざっと着替える。遠くでカラスが鳴きはじめた。

朝の家事が一段落すると、歳時記をひらいてつかの間の句作の時間。二歳の息子が目覚めて私を呼ぶ声が、タイマー代わりだ。さて、今日は一時間もらえるかな、それとも五分かな。三分で済ませる化粧寒鴉、と書きつけたら「うええ、ママ」と声。おっと、早いな。脳内スイッチを、俳人モードから母モードに慌てて切り替え、寝室へダッシュする。さあ、我が家の朝の本番だ。

今「あたし　おかあさんだから」という曲が話題だ。歌詞が、母の過剰な滅私献身を賛美しているとして、反発を浴びている。お母さんになる前は、立派に働けると強がっていたし、ライブに出かけたりできた、でも「それ　ぜーんぶやめて　いま　あたしおかあさん」。

私自身、産後は仕事量を減らしたし、THE YELLOW MONKEYの再結成ライブもあきらめた。でも、隙あらば働く、俳句だって詠む。俳人から母へとシフトするように、私の中にはいくつものモードがあり、必要に応じてスイッチを切り替える。

でも、この歌詞のお母さんは、そのスイッチがうまく働いていないのだ。出産を機に、働く自由な私から、子どものために我慢する私へ切り替えたまま、モードがシフトしない。本来、働く私、母である私、自分の世界を楽しむ私は、矛盾するものではなく、平行して存在するはずだ。仕事をやめたって、母になったって、それまでの私が消えるわけではない。

日記買いワイン買い子のおむつ買う　紗希

買い物の極意は、かさばらないものから買うことだ。荷物が増えると、手に取って選ぶのも一苦労なので、おむつは最後に買う。日記は私だけのもの。ワインは夫とのもの。おむつは子どものもの。ある夕方の買い物の場面でも、いくつもの私が同時進行で切り替わる。

とはいえ私自身も「母である私」に押しつぶされそうなときがあった。息子は早産だったので、生まれて二週間はNICUで経過観察。その間、搾乳した母乳を哺乳瓶で飲んでいたからか、退院後も、おっぱいを直接吸えなくなっていた。

そこから始まった搾乳生活。三時間おきに、搾乳機を乳房にあてがって母乳を搾る。これがまあまあ痛い。必要な分だけ哺乳瓶で息子に与え、残りは専用パックに保存する。搾乳した日付を書いて封をし、冷凍庫へ。搾乳容器を清潔に保つため、眠気と戦いながら、毎日大鍋で煮沸消毒した。

シュコー、シュコー、ダース・ベイダーの呼吸のような音を立てて、搾乳機に乳房を吸わせる。両手がふさがり手持無沙汰なので、窓の外の空ばかり見ていた。テレビで見た、搾乳中のホルスタインも、遠いまなざしをしていたっけ。私の意志とは関係なく飛び出す母乳が、プラスチックの容器を満たしてゆく。

つわりや母乳などの妊娠出産の変化は、ふだんは己の意志で使いこなしているつもりの体が、もっと大きな、私個人ではどうにもできない力によってコントロールされている感覚を呼ぶ。そもそも私たちの体は、誰かからの借り物なのかもしれない。魂は体という船に乗り、どこかへ運ばれる旅の途中で、多少の舵は任されているものの、終着点は決まっている。

息子を見やると、ベビーベッドに吊ったクマをじっと見つめている。不時着した宇宙人が、はじめて人間の家に招かれたような、きょとんとした表情だ。そうか、君の旅も今、始まったのか。

産後数か月は乳絞りマシーンと化していた私だったが、ときおり俳句を思い出すことで自分を保っていた。たとえば容器にたまった母乳の色。お乳だから白かと思っていたら、案外黄色い。驚きのあるところに、詩の源泉あり。何の黄色に似ているだろうと考え、スマホのメモに書きとめる。

母乳ってたんぽぽの色雲は春　紗希

近代俳句の祖・正岡子規は、結核に苦しみ三十四歳でこの世を去ったが、死の二か月前、あきらめについて考察している。

彼のふるさと松山では、子どもに灸を据える習慣があった。灸の辛さをただ耐える子は「あきらめたのみ」、苦にもせず読書などして平然と過ごす子は「あきらめるより以上の事をやつて居る」（『病牀六尺』）。

子規は不治の病床で、あきらめるのみならず、俳句や短歌を詠み、庭の草花を描き、果物をむさぼった。それは「病気の私」で塗りつぶされそうな人生を、私の手に取り戻す行為ではなかったか。俳人の私、絵を描く私、食べる私……いくつもの私が「病気の私」の比率を下げ、相対化する。病気でも人生を楽しむ私がいる。そう信じられたことが、子規の爆発的なエネルギーにつながった。

母も同じだ。母である以外の私を意識することで「母である私」が相対化される。あたしお母さんだけど、ベビーカー押してイエモン歌う、疲れたらビール飲む。相対化された母は、私の出力形態の一つとして、楽しむ対象にもなりうる。○君ママと呼ばれ、保育園のママ友とお茶をするとき、私は仕事や経歴から解放され、とても自由だ。

嬉々として匙を振り回す宇宙人により、床に散乱したシラスとご飯粒を拭き取っていると、頭上からさらに牛乳が降ってくる朝。泣きたいところに、やはり詩の源泉あり。さて、どんな句にまとめよう。顔をあげた私の笑みを見て、息子も笑う。

あとがき

夏も終わりに差しかかったころ。洩れくる朝日に目覚めた息子が、こんなことを言った。

「人は変わらないけど、季節は変わるの？」

箴言めいたひとことにドキッとする。どうしたの、夢の中で誰かに教えてもらったの？　と聞いても、にこにこして、もう「つみきでゴジラ作ろうよ」と興味が移っている。

人は変わらないけど、季節は変わる。言われてみればそうかもしれない、と頷く。定点としての私たちが、移ろいゆく季節に触れて、その接点に小さな感動が生まれる。過ぎ去る刻《とき》をなつかしみ、眼前の光景に驚き、訪れる未来を心待ちにする。その心の揺れが、たとえば俳句のかたちをとって言葉になるとき、世界は素晴らしいと抱きしめたくなる。生きて、新しい何かが見たいと思う。

昨年、日本経済新聞夕刊のエッセイ欄プロムナードの連載を担当したことをきっかけに、これまでの散文をまとめてみようと思い立った。約十年間書きためてきた、俳句と暮らしの交差点。その間に、学生だった私も、結婚し、母となった。ライフステージの変化を踏まえて時系列に並べることも考えたが、全体の構成は、俳句らしく、季節ごとに組むことに。おおらかな季節のめぐりの中で、呼吸しながら生きてきた実感を、ゆるやかに反映できていたなら嬉しい。

日本経済新聞社文化部の干場達矢さんには、執筆の折々にアドバイスをいただき、言葉には宛先があることを教わった。同じく文化部の村上由樹さんは、プロムナードを送稿するたび丁寧に感想をくださり、半年を書き抜く励みとなった。書籍化を担当してくださった日本経済新聞出版社の苅山泰幸さんは、同郷の愛媛出身というご縁。瀬戸内の海光を共有する心強さたるや。装丁のアルビレオさん、イラストレーターのカシワイさんは、言葉では表現しきれない余白をくみ取って鮮やかに可視化してくださった。そして、まだ駆け出しのころに連載をもたせてくださった愛媛新聞社をはじめ、これまでに場を与えてくださった方々、読んで励ましてくださった方々のおかげで、ここまで書き続けてこられた。お世話になったみなさまに、あらためて深くお礼申し上げたい。

息子も三歳になった。言葉と生きてゆく楽しみを知りはじめたようで、扇風機の強弱ボタンをいじりながら「そよかぜ、あらし、たいふう～」と風を形容したり、入道雲を見つけて「夏だねえ、ステゴサウルスみたいな雲」と俳句風の報告をしてきたりする。夜、眠る前には「起きたら、何する?」。ほんとだねえ。明日は、どんな出来事が待ち受けているんだろう。

季節はめぐる。つられて、私も歩き出す。一歩、一歩。俳句と一緒に。

神野紗希

二〇一九年九月　野分晴の朝日の中で

文庫版あとがき

「みえるひかりは、つよくてあついけど、かぜやくうきは、もうすずしいね」。日差しの照りつける八月の終わり、自転車を漕ぐ道すがら、息子が言う。その感慨はまさに、〈秋来ぬと目にはさやかに見えねども風の音にぞおどろかれぬる　藤原敏行〉ではないか。「昔、君の今の言葉とおんなじように、秋が来るのは、目でははっきりと分からないけれど、風の音にハッとするなあって、歌にした人がいるんだよ」と伝えると、「ぼくのほうがすごいよ！　ふたつ、きづいたんだから。かぜも、くうきも！」と、少しムッとしている。名歌に張り合うとは、なかなかいい度胸だ。

刊行当時は三歳だった息子も、もうすぐ七歳。どこへ行くにもベビーカーだったのが、今では自分でランドセルを背負って小学校に通っている。私も、引っ越して少々身辺がすっきりしたほかは、変わらず、俳句を作ったり読んだりして暮らしている。

かつて〈消えてゆく二歳の記憶風光る〉と詠んだが、大人の記憶も薄れやすい。読み返して、書き残さねば忘れてしまっただろうあれこれが、今も言葉の中に息づいていることを懐かしく思う。同様に、今、当たり前の日常だとやり過ごしている出来事もみな、時が経って振り返れば、もう二度とは戻ってこない懐かしい瞬間なのだろう。歳時記には、天の川や雪嶺といった悠大な季語と並列して、燕やたんぽぽ、林檎や檸檬、セーターや炬燵など、日常身辺をささやかに彩る季語があふれている。小さなものたちもまた、実は銀河や山河と同様に価値あるものであり、詩にするに足るものだ。些細に見える日常にも、命の光はひしめいている。俳句とはそうした発見の哲学を備えた、身ほとりを愛おしむ詩である。ならば、私のささやかな散文も、俳人としての生き方のひとつの実践というわけだ。

文庫化を企画・編集してくださった文藝春秋の荒俣勝利さん、単行本に引き続いて表紙の絵を描いてくださったカシワイさんに、この場を借りて厚くお礼申し上げたい。

そして、いつもにぎやかにインスピレーションをもたらしてくれる、我が家の小さな俳人にも。

太陽がぎんいろに光る冬のはじめに

二〇二二年十二月　　　　　神野紗希

初出一覧

第一章　季節を感じとる力

全部やだ男　日本経済新聞夕刊「プロムナード」2018年7月4日
その町のかき氷　日本経済新聞夕刊「プロムナード」2018年7月11日
平成のホタル族　日本経済新聞夕刊「プロムナード」2018年7月18日
人生初季語　日本経済新聞夕刊「プロムナード」2018年7月25日
俳句はジェンダーフリー　日本経済新聞夕刊「プロムナード」2018年8月1日
エスカレーター恐怖症　日本経済新聞夕刊「プロムナード」2018年8月8日
河豚と鯵刺　愛媛新聞「四季録」2009年12月15日
たんぽぽ、と　愛媛新聞「四季録」2010年3月9日
本番はいつ　愛媛新聞「四季録」2010年6月8日
ちょっとなら　愛媛新聞「四季録」2010年5月11日
子規と蚊　愛媛新聞「四季録」2010年7月6日
和金　愛媛新聞「四季録」2010年7月20日
飛行機と枕　愛媛新聞「四季録」2010年5月25日
句集と絵本　愛媛新聞「四季録」2010年8月10日
BB弾とオルゴール　「あだち野アンソロジー二〇一六年」所収
八月の紫陽花　日本経済新聞夕刊「プロムナード」2018年8月15日
　日本経済新聞夕刊「プロムナード」2018年8月29日

金色の秋の気配　日本経済新聞夕刊「プロムナード」2018年8月22日

第二章　寂しいと言って　「俳句四季」（東京四季出版）2017年11月号
沈黙の詩、静寂の世界　「文化愛媛」81号（愛媛県文化振興財団）
棚に並べて　愛媛新聞「四季録」2009年11月10日
生ハムメロン　愛媛新聞「四季録」2010年9月7日
露の世の醍醐味　日本経済新聞夕刊「プロムナード」2018年9月12日
「ふつう」が難しい　日本経済新聞夕刊「プロムナード」2018年9月5日
鐘つけば、柿くへば秋　日本経済新聞夕刊「プロムナード」2018年9月19日
露月の秋　季刊「子規博だより」VOL37-2（松山市立子規記念博物館）
今生のいまが倖せ　日本経済新聞夕刊「プロムナード」2018年9月26日
理由をください　日本経済新聞夕刊「プロムナード」2018年10月10日
夢の世を漕いでゆけ　日本経済新聞夕刊「プロムナード」2018年10月17日
えーえん、えーえん　日本経済新聞夕刊「プロムナード」2018年10月24日
求ム、共感力　日本経済新聞夕刊「プロムナード」2018年10月31日
あのころのあさって　日本経済新聞夕刊「プロムナード」2018年11月7日

第三章　逢いたかったよ　日本経済新聞夕刊「プロムナード」2018年11月14日

私の働き方改革　日本経済新聞夕刊「プロムナード」２０１８年11月21日
きっと、ダイジョブ　日本経済新聞夕刊「プロムナード」２０１８年11月28日
負けてもいいよ　日本経済新聞夕刊「プロムナード」２０１８年12月５日
ギンコウといえば？　日本経済新聞夕刊「プロムナード」２０１８年12月12日
めんどりか海豹か　愛媛新聞「四季録」２００９年12月１日
葱買うて　愛媛新聞「四季録」２０１０年１月19日
粉雪の記憶　「児童心理」（金子書房）２０１８年１月号
スノードームのサンタ　愛媛新聞「四季録」２００９年12月22日
映画とポップコーン　愛媛新聞「四季録」２０１０年１月26日
タブーの快楽　愛媛新聞「四季録」２０１０年２月２日
逆境に強くなる　愛媛新聞「四季録」２０１０年１月12日
ハサミの雪　愛媛新聞「四季録」２０１０年２月９日
街角のユウレイ　日本経済新聞夕刊「プロムナード」２０１８年12月19日
白い力こぶ　日本経済新聞朝刊　２０１２年12月23日
蜜柑の香りが消えたとき　日本経済新聞夕刊「プロムナード」２０１８年12月26日

第四章

しづかなる水　現代俳句協会ＨＰ「現代俳句コラム」２０１５年10月１日
じいんじいん　現代俳句協会ＨＰ「現代俳句コラム」２０１５年10月11日

氷の中の夢　現代俳句協会ＨＰ「現代俳句コラム」２０１５年10月21日
俳句と子ども　「花鳥」２０１８年９月号〜19年２月号
ふつうではなく　「鷹」２０１９年７月号
言葉にできない　愛媛新聞「四季録」２０１０年９月21日
ありのままの世界で——俳句は肯定の詩型——
　「俳句αあるふぁ」（毎日新聞出版）２０１６年４・５月号特集「神野紗希の世界」
自分なんて忘れて　「現代俳句」（現代俳句協会）２０１４年９月号

第五章

薄氷を踏んで　「俳句」（角川文化振興財団）２０１６年11月号
わたしの子規　ＫＡＷＡＤＥ道の手帖『正岡子規』（河出書房新社）所収
「いつ渡そ」の純朴　日本経済新聞朝刊２０１４年２月９日
一茶の旅は朧にて　信濃毎日新聞朝刊２０１３年５月９日
湯舟という舟　日本経済新聞朝刊２０１５年４月５日
つばめつばめ　愛媛新聞「四季録」２０１０年３月23日
ネーミングの妙　愛媛新聞「四季録」２０１０年３月30日
怖い、怖い　愛媛新聞「四季録」２０１０年９月28日
本当はどっち　愛媛新聞「四季録」２０１０年４月６日
愛は奪ふべし　愛媛新聞「四季録」２０１０年６月29日

すすめー　愛媛新聞「四季録」２０１０年4月27日
極楽の寝息　日本経済新聞朝刊２０１６年9月11日
少し切り株　「詩歌文学館会報」81号（日本現代詩歌文学館）
いまさら純潔　共同通信社配信「本の森」２０１７年春
鮫と兎とマンボウと
　釣り針をさがし隊『トヨタマヒメはかえったんだよ――宮崎神話旅』所収
あたしお母さんだけど　日本経済新聞朝刊２０１８年2月25日

単行本　二〇一九年十月　日本経済新聞出版社
DTP制作　エヴリ・シンク
JASRAC出　2210201-201

文春文庫

もう泣《な》かない電気毛布《でんきもうふ》は裏切《うらぎ》らない

定価はカバーに
表示してあります

2023年２月10日　第１刷

著　者　神野紗希《こうのさき》
発行者　大沼貴之
発行所　株式会社　文藝春秋

東京都千代田区紀尾井町 3-23　〒102-8008
ＴＥＬ　03・3265・1211㈹
文藝春秋ホームページ　http://www.bunshun.co.jp

落丁、乱丁本は、お手数ですが小社製作部宛お送り下さい。送料小社負担でお取替致します。

印刷・萩原印刷　製本・加藤製本
Printed in Japan
ISBN978-4-16-792004-3